ベリーズ文庫

高貴なCEOは純朴令嬢を生涯愛し囲う
～俺の妻は君しかいない～
【極上スパダリの執着溺愛シリーズ】

若菜モモ

STARTS
スターツ出版株式会社

目次

高貴なCEOは純朴令嬢を生涯愛し囲う
〜俺の妻は君しかいない〜
【極上スパダリの執着溺愛シリーズ】

高貴なCEOは純朴令嬢を生涯愛し囲う
～俺の妻は君しかいない～
【極上スパダリの執着溺愛シリーズ】

一、祖母同士の約束

キャンパスの正門から講堂へ続く道には、わが校自慢の桜並木があって今年の桜は例年より早く、晴天に恵まれた本日の大学の卒業式には七分咲きになっている。

えんじの二尺袖と紺の袴姿で講堂に向かっていたが、ふと立ち止まり薄ピンク色の花びらをつけた木を見上げる。

美しく咲いている桜は、新しい門出を祝うかのようだ。

門出か……私はまだまだね……。

大学を卒業したらもう立派な大人で、大抵の人は新社会人として世の中に出ていくのだが。

「あ、蘭《らん》が来たわ！　蘭っ！」

華やかな色の二尺袖に袴姿の友人ふたりが私、三澤《みさわ》蘭を見つけて大きく手を振る。

同じ国際交流学部の中田真理《なかだまり》と、小笠原裕美《おがさわらゆみ》だ。

「おはよう。蘭。天気がよくて卒業式日和ね」

「真理、裕美、おはよう。天気が崩れなくてよかったね。ふたりの着物が艶やかで素敵よ」

真理は緑に袴が茶、裕美が白に袴が紺で、よく似合っている。

「蘭の着物は上品だね。すごく綺麗《きれい》。深窓の令嬢感が出てるよ」

身に着けている二尺袖と袴は、許婚《いいなずけ》のお祖母様から卒業祝いだと届けられたものだ。

彼女たちは私に許婚がいるのを知っているので、深窓の令嬢などと言う。

「もうっ、そうやってからかわないで」

「かわいいから、ついね。それに就職しないで花嫁修業して嫁ぐんだから事実じゃない？」

ニコニコ笑う彼女たちは、私を真ん中にして歩き出す。

身長百七十センチある真理が、十センチ低い私を歩きながら覗《のぞ》き込む。

頭のてっぺんでひとつに結んでいる黒髪が彼女の頬にふわっとかかって、色っぽさにドキッとなる。

綺麗だな。彼女に比べたら私には色気の〝い〟の字もない。

肩甲骨より五センチほど長い私のブラウンの髪は、今朝ヘアサロンで綺麗に結われて桜のヘアアクセサリーを飾っている。

「蘭？　なんか表情が暗いね。ぱっちり二重の目がどよ～んとしているような。どうかした？」

真理に言われて、目をパチパチさせてみせる。

「そうかな。今日でこのキャンパスともお別れだと思ったら、寂しいような……。それに真理と裕美とも頻繁に会えなくなるから……」

「卒業したって、ずっと働き詰めってわけじゃないんだから。土日は休みだし。去年のミス・キャンパスがそんな顔をしてちゃだめよ」

ボブヘアを編み込んだ裕美が明るく言う。

去年の大学学園祭のとき、ふたりに推薦されおもしろ半分で参加したところ、並み居る美人を差し置いて私がグランプリを取ってしまったのだ。

「フィニッシングスクールは六月からでしょ。スイスかぁ～、うらやましい。それまで何回か会おうよ。それでもって、帰国したらどんなことを学んだのか教えてよ」

フィニッシングスクールとは、結婚前の女性が教養やマナーなどを学ぶ学校だ。

「聞きたい、聞きたい。世界が違うけど、興味はあるわ」

明るい彼女たちに励まされ、気持ちが少し軽くなる。

「うん。ありがとう。みんなは就職するから、ひとり取り残されたみたいな気持ちに襲われていたの。でも大丈夫。時間のあるときに会えばいいね」

「そうそう。それに今日はまだまだ長いよ。謝恩会だってあるんだし」

式典の後、十七時から近くのホテルの多目的ホールで謝恩パーティーがある。みんなはそれまで時間をつぶして待つが、私には行くところがあるためその後で出席する予定になっている。

「蘭は就職なんかで焦る必要はないの。財産家の素敵な男性に永久就職するんだから」

私は大学卒業後、スイスの有名フィニッシングスクールを修了したのち、生まれたときからの許婚と結婚するというレールに敷かれた人生を歩んでいる。

式典が終わったのはお昼過ぎ。タクシーに乗って許婚である東妻《あづま》家の屋敷へ向かう。台東区浅草《たいとうくあさくさ》に近い屋敷は今まで何度も訪れているが、神経が張りつめたような緊張感はまったくなくならない。

それどころか、もうすぐ東妻家の一員になると思うと本当に自分でいいのだろうかと不安に駆られている。

今は亡き祖母・栞《しおり》おばあちゃんと、現在東妻家の当主の東妻清花《きよか》おばあ様は女学校時代の大親友で、子どもが生まれたら結婚させようと約束していたという。

しかし双方の子どもは男だったため、その約束は孫の代になった。

許婚である東妻清志郎《せいしろう》さんと私は八歳差。私が生まれた瞬間から許婚関係となった。

祖母から大親友との話を子守唄のように聞かされており、お相手の清志郎さんは頭脳明晰、端整な顔立ちで、私にはもったいないほど素敵な青年だとすり込まれていたせいで、写真を見て王子様のような人が私の旦那様になるのだと夢物語くらいに思っていた。

その当時、台東区に広大な敷地と大きな屋敷を持ち大勢の使用人がいる東妻家は辺りの地主でもあり、昔は自分たちの土地だけを通って上野《うえの》駅まで歩いていけたそうだ。一部は売りに出されたりしたが現在でもあちこちに土地を所有する大地主であり、それらの土地にマンションや貸しビルなどを建てて運用している資産家だ。

婚約したのは私が十歳、彼が十八歳の冬。

そのとき清志郎さんは、イギリスにある世界最古でトップレベルの大学に十月から入学が決まっていた。そんな彼は、高校を卒業した後すぐ見聞を広めるために各国へ旅に出ていて実際に会うことはなかった。

その後も東妻家へは年に数回祖母と訪れていたが、海外にいる清志郎さんと会うことはないまま時は過ぎていく。

幼い頃は婚約の意味などとくに考えていなかったが、婚約したときの彼と同年齢くらいになった頃から、大人になっていく多感な時期にどう考えていたのか気になり始めた。

清志郎さんと初めて対面したのはそんなふうに思っているときで、祖母のお通夜の席だった。

祖母は亡くなる一年ほど前から心臓を患い、私が十八歳の秋に治療のかいなく他界してしまった。

◇◇◇

おばあちゃん子だった私は遺影を見ただけで涙があふれて、ハンカチがびしょ濡れになっているくらいだった。

涙を止めなければと、焼香台の前に歩を進める高身長の男性に視線をやる。ふたつある香炉に男性と清花おばあ様が立ち、祖母の遺影に一礼をしてから遺族の席に体を向けた。

あ……清志郎さん……。

清志郎さんは急な連絡だったが、わざわざ祖母のためにロンドンから来てくれたようだ。

二十六歳の彼は、イギリスの有名大学を卒業後、ロンドンで投資会社を設立したため東京《とうきょう》には生活拠点を置かず帰国していない。

大学を卒業したときの写真が最後で、あれから四年が経っている。ブラックスーツにブラックタイ、スラリとした高身長で、大人の雰囲気が漂う素敵な男性だ。

こちらに体を向けて一礼するときに目と目が合い、泣き腫《は》らした顔を見られて恥ずかしい。

清志郎さんの表情は瞳を曇らせていたように見えた。

通夜が終わり、お礼をしに向かうと待合室の部屋のドアが開いていて、ふたりの会話が聞こえてきた。

「こっちへ帰ってこられないの？　蘭さんをほったらかしにしないで」

ドア口に立った私は、清花おばあ様の言葉に、聞いてはいけないものを聞いてしまった罪悪感でサッと身を隠した。

「まだまだ戻れませんね。ようやく基盤を築いたのに帰れませんよ」

「早く跡継ぎが欲しいのよ」

「十八ですよ？　彼女自身まだまだ子どもだ。母親になれなんて。俺も父親になる心構えはできていませんから」

抑えたような声だけれど、滑舌のいい発音ではっきりと聞こえてくる。

彼にとって私は子どもなのだ……。

わかっていることだったが、ショックは否めない。

「清志郎さん、あなたしか頼れないんですよ。親戚連中は私が亡くなるのを今か今かと待ち構えていますからね」

「それは思い過ごしですよ。おばあ様が亡くなったとしても俺がいるじゃないですか」

「私の目の黒いうちに蘭さんと結婚して跡継ぎを抱かせてほしいとお願いしているの」

「おばあ様はまだまだ長生きできますよ。親友が亡くなってしまったから気弱になっているだけです」

清花おばあ様の願いを、清志郎さんは無下に冷たく切り替えしている。

でも彼の言い分はもっともだと思う。私はまだ十八歳だ。この年で産む人もいるけれど、母親になるには早すぎる。

東妻家は十五年前に入婿だったおじい様が他界し、その三年後に彼のご両親が不慮の事故で亡くなっている。

清花おばあ様には孫の清志郎さんしかいない。

おじい様はひとりっ子で従兄妹は数人いるらしい。だが、さっきも言っていた通り、本家の血筋として東妻家を継ぐのは清志郎さんただひとり。

話が一段落したようなので、開いたままのドアをノックした。

「失礼します」

顔を覗かせると、着物の喪服を着ている清花おばあ様がこちらへ顔を向けた。

「ああ、蘭さん、こちらへいらして。初めて会うというのに、清志郎さんと話もできなかったわね」

部屋の中ほどにいるふたりのもとへ歩を進める。

写真でしか見たことのない実物の清志郎さんへは顔を向けられない。

この数日泣き腫らした目は今も赤くて、初対面なのにこんな姿を見せたくなかった。

「本日は祖母をお見送りくださりありがとうございました。本来なら両親が挨拶に来なければならないのですが、手が離せず……もう少しお待ちください」

深く頭を下げる。

父は政治家で、今は会場で母と一緒に関係者へ挨拶をしておりまだ来られそうもなかったので、これ以上待たせてはいけないと判断して会いに来たのだ。

「ご両親はお忙しいのだし挨拶はけっこうよ。蘭さん、清志郎さんは多忙でなかなかロンドンを離れられないから、きっと栞ちゃんが引き合わせてくださったのね」

喪服に身を包んだスラリとしたモデルのようなルックスの清志郎さんが想像していたよりも素敵で、面と向かって顔を合わせられずに伏し目がちで清花おばあ様の話を聞く。

「蘭さん、お悔やみ申し上げます」

「お、お忙しいところ、祖母のためにありがとうございました」

話し方、礼儀作法、所作などは祖母から習っていたのに、許婚を前にして気恥ずかしさが先に立って上ずってしまう。

「清志郎さん、明日は告別式で蘭さんはお忙しいでしょう。明後日お会いになったらどうかしら？　初めて会ったというのにすぐにイギリスへ戻ってしまうのだから、少しくらいお話の時間も取らなければね」

明後日は学校があるので無理だと言おうとすると、清志郎さんが口を開く。

「蘭さんの都合は？　俺は夜十時過ぎの便で羽田《はねだ》からロンドンへ発つ予定です」

「よろしければ空港でお見送りをさせてください。授業が終わって……五時には着けると思います」

「わかりました。俺のスマホの番号は知っていますね？」

一度も連絡したことはないが、以前清花おばあ様から教えてもらっていた。

「はい」

「では国際線ターミナルに着いたら電話をください」

「そうします」

清花おばあ様は私たちが会話していることに満足なのか、笑みを浮かべている。

「お約束ができて本当によかったわ。それでは蘭さん、わたくしたちは帰ります」

「本日はご足労いただきありがとうございました。祖母も喜んでいると思います」

「蘭さんはおばあちゃん子だったから、とても寂しいでしょう。わたくしも唯一心を許せた栞ちゃんがいなくなって寂しいわ。蘭さん、気を落とさずね。これからは私を本当の祖母だと思ってくださいね」

清花おばあ様はいつも近寄りがたく、会うとき私は祖母の陰に隠れるようにしていたが、今の言葉に親しみを感じる。清花おばあ様も祖母が亡くなって寂しいのが伝わってくるからだと思う。

「……はい。ありがとうございます。清花おばあ様もお体に気をつけてお過ごしください」

おじい様や清志郎さんのご両親が存命だったときのお屋敷には、使用人が十人ほどいたと祖母が言っていたが、現在も庭師や運転手、清花おばあ様のお付きの女性を含めて同人数がお屋敷や離れの家に住んでいて、清志郎さんが留守でも安心して生活ができているのだろう。

清志郎さんとの約束の日。寝不足だからか頭が痛くて、普段より早めに目が覚めた。とりあえず頭痛薬と水を取りに一階へ下りると、父が食事をしていた。母はカウンター向こうのキッチンで動いている。

「おはようございます」

「おはよう。なんだ、学校だろう？　着替えてから食事をしなさい」

部屋着のままの私に父は顔をしかめる。

父はジャケットを着ていないがワイシャツとネクタイ、スラックス姿で、普段から家族だけの席でもだらしない格好をしているのを嫌う。

もう外出していると思っていた。

「少し頭が痛くて薬を取りに……」

「頭痛？　今日は学校の後、清志郎君に会うんだろう？　まさか会わないと？」

父は厳しい目で私を問いつめるように見つめる。

そこへ母が目玉焼きとサラダの皿を持ってキッチンから出てくる。

「まあ、頭が痛いの？　薬を持ってくるわね。でも先に食べた方がいいわ」

母はおっとりとした性格で、持論をひけらかしてわが道を突き進むような父の性格に耐えられる人だ。

「蘭、質問に答えていない。清志郎君と会わないつもりか？　母さんが亡くなったから約束を反故《ほご》にしようとしているのか？」

父は古くからの名家である東妻家の跡取りと私が許婚なのを、とても喜んでいる。東妻家と親戚になれば、政治家としての自分に箔がつくからだ。

「……そんなことはありません」

そもそも清志郎さんと会う約束を破るつもりはない。一昨日《おととい》初めて対面し、ようやくふたりきりでちゃんと話すことが叶うのだ。

「キャンセルは許さないぞ。初めて会うんだろう？」

父の思惑はわかっているけれど、頭ごなしの言葉に反抗心が芽生えてくる。

「お通夜で少しお話ししました」

「それは聞いている。ふたりで面と向かって話すのは初めてだろう？　これからのことをちゃんと話してきなさい」

娘の体のことを気遣わず、自分に有利な面ばかりを考えている父に悲しみを覚えながら「そうします」と口にした。

学校から戻ってきて悩む時間がないかもしれないから、なにを着ていこうかとクローゼットからいろいろと服を出してみたが、悩んで手が止まる。

デートと言えるのかわからないが、そんなシチュエーションは初めてなのでどんな服にすればいいのか……。

「もう制服でいいわ。学校帰りにそのまま向かおう」

制服は上下こげ茶色のセーラー服で、クリーム色のカーディガンを寒い日に羽織っている。

私が通っているのは中高一貫の私立女子高校で、近隣の学生からはお嬢様学校と言われている。

大学も都内の女子大学の国際交流学部への進学が決まっていた。

出かける支度を終えて部屋を出る。

６ＬＤＫの二階に自室があり、隣は六歳上の兄・誠《まこと》の部屋。もうひと部屋は両親の寝室で、一階にリビングダイニングルーム、書斎、応接室、祖母の部屋という間取りだ。

東妻家と縁を結ぶといってもうちは一般庶民だ。

出かけるときは祖母にいつも挨拶をしてからだったので、もうにこやかに『いってらっしゃい。気をつけるのよ』と言ってくれる祖母がいないのが寂しくて胸が痛い。

専業主婦の母は葬儀の件で忙しく、もう出かけたようだ。

しんみりとした気分で江戸川区《えどがわく》の自宅を出て最寄り駅に向かった。

羽田空港に近づくにつれ、心臓が暴れ始める。

幼い頃から彼を王子様のようだと思っていたけれど、一昨日実際会ってみても本当に素敵な人だった。

ずっと女子校なので、若い男性は兄や教師くらいしか話したことはないが、お通夜で会ったときはなんとか話せたんだから、今日も大丈夫よと自分を鼓舞させる。

羽田空港の第三ターミナルに到着したのは十七時になる五分前で、案内版の前でスマホをバッグのポケットから出した。

緊張しながら電話をかける。

《蘭さん？》

三コールで清志郎さんの声が心地よく耳に入ってきて、心臓がドキドキしていたところへドクンと鼓動が大きく跳ねる。

「は、はい。こんにちは。第三ターミナルに着きました。どちらへ行けばいいでしょうか？」

《では、展望デッキの隣にあるカフェに来てもらえるかな？》

「わかりました。向かいます」

通話が切れスマホをバッグのポケットにしまい、お店の場所を確認した。

エスカレーターで展望デッキへ上がり、指定されたカフェを見つけて店内へ入る。

清志郎さんが椅子に座っていたが私の姿に気づいて腰を上げる。周りのテーブルにお客はいない。頭をペコリと下げてテーブルに近づいた。

今日の彼はサックスブルーのニットにブラックジーンズで爽やかなのだが、首からVネックのラインが男っぽくて視線をすぐそらした。

奥二重で切れ長な漆黒の目、鼻梁は高く、唇の形もバランスよく、美しい顔にドキドキ心臓が高鳴る。

数年後にはこんなに素敵な人が私の夫になる。

「座って。好きなものを頼むといい」

差し出されたメニューを見て選ぶ。

「ココアをお願いします」

「ココアだけ？　ケーキはどうかな？」

ケーキなんて、清志郎さんを前にして喉を通るかわからない。

「いいえ、ココアだけで」

「わかった」

清志郎さんはコーヒーとココアをウエイトレスに頼んだ。

「一昨日会ったが、初めまして。だね」

「はい。お通夜にいらしていただきありがとうございました。清花おばあ様は大丈夫でしょうか？」

許婚を前にして、緊張して顔は強張っているみたいにぎこちなく感じるが、ちゃんと話せていてホッとする。

「ああ。親友を亡くして気落ちしている様子だが」

「そうですよね」

「蘭さん、高校生なのに落ち着いているね。物静かな性格なのかな？　まあ、幼い頃に結婚相手をあてがわれる無理難題が降りかかったんだからそうなるか」

清志郎さんは脚を組み、リラックスした表情で私を見つめる。

なぜそんな言い方をするの？

突然不愛想で横柄な雰囲気を醸し出す清志郎さんに、困惑して動揺する。

「では本題に入ろうか」

本題……？

なにが本題なのかわからない。許婚にもかかわらずふたりで会って話したことがないから、今日を設けたのではないの？

「俺と祖母の話を聞いていたんだろ？」

私がいたのを知っていたようだ。立ち聞きだなんてよくないことで、できれば否定したいけど……できない。

「ごめんなさい。ご挨拶に伺いに行ったら聞こえてきて」

悪気はなかったが、立ち聞きをしたのは確かなので気まずい。

「いや、ちょうどよかったよ。話し中で入ってこられなかったんだろう」

「はい……清花おばあ様は寂しいのだと思います」

「それはわかっている。だが、ロンドンに会社があって今は日本に戻るつもりはないんだ」

清志郎さんは日本よりも海外を拠点にした方が、水が合うのかもしれない。

「お忙しいのですね」

「ああ。ずっと会えなくても俺を夫にしたい？」

にこりともしない無表情で聞かれ、戸惑って思わず聞き返す。

「え……？」

「三澤のおばあ様が亡くなったんだ。祖母たちの夢に囚われなくていいんじゃないか。これから好きな男性を見つけて自由に恋愛したいと思わない？」

清志郎さんは婚約を解消したいのかもしれない。

こんなに素敵なのだから恋人がいてもおかしくないし、二十六歳だからもしかしたらほかに結婚を考える相手がいるのかも。

まだまだ子どもの私は清志郎さんにふさわしくない。

それはわかるけれど……。

「私は……おばあちゃんと清花おばあ様の気持ちを考えて……清志郎さんと結婚したいと思います」

すると、彼は涼しげな奥二重の目を大きくさせた。

「このまま数年間会えなくても俺と結婚すると？」

「はい。ずっと決められていたので、ほかの方とは考えられません」

物心ついた頃から清志郎さんの写真を見て、かっこよくて現実に存在しないのではないかと思うほど魅せられた。

実際会っても変わらず素敵だと思う。ただそれは外見だけのことで、性格はどんな人なのかわからない。けれど、祖母たちの思いや私が惹かれている気持ちを差し引いても、破談は頭にない。

「そうか……」

そこへオーダーしたコーヒーとココアが運ばれてきた。

カップを置いたときスタッフの女性の手がすべり、ココアがソーサーにこぼれてしまう。

「申し訳ありません。すぐに入れ直してきます」

「これで平気です。それほどこぼれていないので」

「それでは――」

笑顔で「大丈夫です」と言うと、スタッフはもう一度謝り頭を下げて去っていく。

清志郎さんに紙ナプキンを差し出される。

「ありがとうございます」

ソーサーを拭き、湯気の立つカップを手にする。

「どうぞ。飲んで」

「はい。いただきます」

温かくて甘くて、思わず口もとが緩む。食欲がなくて昼食を抜いているので、胃に染みわたるようだ。

「おいしい?」

「はいっ、それはもう」

素の自分が出てハッとなる。

ただでさえ私は子どもに思われているようなのに、あまりに無邪気な感じで言ってしまった。

「それはよかった」

そこへふいに清志郎さんはスマホを取り出した。マナーモードだが、着信している画面が見えた。

「失礼」

私に断り清志郎さんはスマホの通話をタップして耳にあてる。流暢な英語で出て、相手と話し始めた。漏れ聞こえる声は女性のようで、私と話していたときの硬い表情ではなく、口もとを緩ませている。

やっぱり恋人がいるのかな……。

通話を終わらせた彼はコーヒーをひと口飲んでひと息つく。

そんな姿を見つつ、恋人の存在を考えたら心臓が嫌な音を立てた。

「祖母との話を聞いた通り、まだまだ君と結婚して子どもをつくる気はない。当分先の話になる」

さっきまで気品があって素敵だなどとのんびり考えていたのに、清志郎さんの言葉に冷や水を浴びせられたような感覚に襲われた。

「大学へ進学すると聞いている。すべては四年後か五年後、もしかしたらもっと先に結婚を考えたい。正式に結婚が成立するまではお互い自由でいよう」

清志郎さんは私と破談にするまでは考えていないとわかって、胸をなで下ろす。

でも、結婚は大学卒業後すぐではないかもしれない。

「……わかりました」

『結婚が成立するまではお互い自由でいよう』の〝自由〟がどんなことを意味するのかとても気になるが、了承するしかない。

ロンドンと東京ではあまりにも遠いのだ。

◇◇◇

大学在学中、東妻家には数度しか訪れなかった。

大学入学の挨拶に清花おばあ様にお会いしたとき、『いろいろ忙しいでしょうから来なくていいわ』と告げられたのだ。

清志郎さんから、大学生は勉強やサークル、友人関係で忙しいのだから頻繁に呼ばないようにと連絡があったらしい。彼は清花おばあ様に、私に面倒をかけないよう釘を刺したに違いない。

そうは言われてもいずれ婚家になるのだし、年老いた清花おばあ様のことも気にかかるので、年四回ほど東妻家へお邪魔していたが、清志郎さんとは一度も会わないまま、私は大学を卒業する運びとなった。

卒業式を終えて乗ったタクシーは、東妻家の敷地である石造りの塀沿いを走り、和風の長屋門の前に止まった。

支払いを済ませ、袴を持ち上げてタクシーから降りる。

通用門の横にあるインターホンを押してから少しして、清花おばあ様の身の回りの世話をするお付きの女性、久子《ひさこ》さんが現れた。

七十歳の清花おばあ様より五歳ほど年下らしい。久子さんのご両親が東妻家で働いていたことから、彼女は結婚をせずに清花おばあ様のもとにずっといる。

「蘭様、いらっしゃいませ。ご卒業おめでとうございます。とてもお美しいですよ」

「久子さん、ありがとうございます。清花おばあ様から贈っていただいた二尺袖と袴のおかげで、そう見えるだけです」

「いいえ、赤ちゃんの頃は愛らしく、小学生になった蘭様は美少女でしたから。清花様は蘭様のために、お似合いになるお着物をいろいろと吟味しておられたんですよ。よくお似合いになるので、お喜びになると思います」

通用門からお屋敷まではけっこうな距離がある。御影石の敷かれた広い玄関から入り、応接室へ久子さんとともに歩を進める。

窓から見える庭は、京都《きょうと》の寺院さながらの趣のある庭園に整えられている。何度もここを訪れているが、お屋敷の広さは把握できていない。

大学を出てタクシーに乗る前に購入した、老舗和菓子店の菓子折りを胸の位置で抱えるようにして、久子さんに続いて応接室へ入室した。

清花おばあ様はひとり用のソファに座って待っていた。今日は灰汁《あく》色の小紋を身に着けている。

私だったら毎日着物で生活するなんて窮屈で耐えられないが、清花おばあ様は洋服みたいに着こなしている。

「清花おばあ様、こんにちは。本日大学を卒業してまいりました。素敵なお着物を贈ってくださりありがとうございました」

「蘭さん、まぁ。よくお似合いですよ。見せに来てくださってうれしいわ。お座りになって」

斜め前の三人掛けのソファを勧める。

清花おばあ様は貸しビル業などの社長としての一面もあるためか厳しい表情のときもあるが、私と話す際はにこやかな笑みを向けてくれる。

「大学近くの和菓子店のもので、お口に合うかわかりませんが」

腰を下ろし、持っていた菓子折りをアンティークなローテーブルの上に置く。

「ありがとう。うれしいわ。昼食はまだでしょう？　お心遣いは後でいただきましょう」

菓子折りを久子さんが引き取り、応接室から出ていく。

「卒業おめでとう。本当に美しい女性になりましたね。この日を待ち焦がれていましたよ。スイスのフィニッシングスクールで学んで、いよいよ十一月に結婚だわね」

「受講料や航空券のご配慮ありがとうございます」

清花おばあ様から、費用は持つからフィニッシングスクールで教養に磨きをかけてくるようにと勧められ、高額な費用に申し訳ない気持ちだったが、『ぜひ行ってらして』と言われて受講することに決めたのだ。

六週間のフィニッシングスクールの受講料と滞在費で、四百万はかかる。

「いいのよ。当家の嫁になるのですから当然です。大学卒業より、あのスクールの課程を修了する方が、今後のお付き合いでプラスになりますからね」

清花おばあ様は満面の笑みを浮かべる。

今まで破顔するほどの笑みを見たことがなくて驚く。

由緒正しい東妻家に嫁ぐので、中学に入った頃から、祖母に茶道・華道・書道・着付けなどを習わされており、どれも師範免許を取得している。

清志郎さんは二年前にロンドンからフランスのカンヌに拠点を移している。今のところ外国暮らしなので、向こうの上流階級のマナーなどをフィニッシングスクールで学び、妻として彼が恥ずかしくないよう努めてほしいと清花おばあ様から話があったのだ。

彼は去年の夏に一週間帰国していたが、そのとき私は入れ違いに真理と裕美の三人でパリとイタリアに旅行中だった。

旅行から帰国し、清花おばあ様にお土産を持って会いに行った折に清志郎さんが帰国していたことを知った。

十八歳のときに羽田空港で清志郎さんから告げられた『結婚が成立するまではお互い自由に』の言葉通り、一度も連絡は取っていない。

あの言葉は干渉しないでくれという意味なのだろう。

そこへ久子さんが戻り「昼食の用意ができました」と告げる。

ソファから立ち上がると、清花おばあ様の手を支えて隣のダイニングルームへゆっくり歩を進める。

八人が座れる黒檀《こくたん》のテーブルにふたり分の料理が用意されている。

皿や小鉢はどれも、人間国宝の作家が焼いた一点ものだと以前に聞いたことがある。値もつけられないほど希少なそれらの食器に、お造りや煮物などが盛りつけられており、料亭の懐石料理のようにおいしそうだ。

「若い人のお口に合うかわからないですけど、どうぞ召し上がってね」

「どれもおいしそうです。いただきます」

清花おばあ様と話をするのはいつも緊張してドキドキなのだが、表面的には落ち着き払って話をするように努力している。

静かに食べ進め、清花おばあ様に話しかけられたら答えるようにしていると、お赤飯が並んだのを見てうれしくなる。

「清花おばあ様、卒業祝いのお赤飯ですね。ありがとうございます」

「ええ。今日は喜ばしい日ですからね。作らせたのよ」

「お赤飯大好きなんです」

「栞ちゃんから聞いていましたよ。本当に素敵な女性になって。生きていたら自慢していたでしょうね」

祖母が亡くなって四年が経っている。

清花おばあ様から褒められて笑みを深めた。

「それでね、蘭さん。フィニッシングスクールが修了したら、カンヌの家に滞在なさって」

「……清志郎さんの家に？」

「ええ。秋に結婚式を挙げる予定だけど、先に一緒に住んでほしいの」

お通夜の日、清花おばあ様が清志郎さんに言っていた言葉を思い出す。

『早く跡継ぎが欲しいのよ』

一緒に住んでほしいということは、もしかして、たとえ結婚前であってもできるだけ早い妊娠を期待しているのだろうか……？

「カンヌの家は、それはそれは素晴らしいのよ」

「でも……結婚前ですし……。清志郎さんはご存じなのでしょうか」

「清志郎さんにはフィニッシングスクールが修了後、しばらく滞在すると言っておくわね。心配はいらないわ。清志郎さんだって待ち望んでいるはずよ」

言い方は優しいけれどプレッシャーを感じる。

結婚が成立するまではお互い自由にと言っていたから、秋までは別々だと清志郎さんは思っているはず。私が七月の中旬から住むのは意に沿わないのではないだろうか。

「いずれ結婚するのだから、早めに同居してもなにも問題はないわ。それに婚前妊娠は大歓迎よ」

黙っている私に対して、清花おばあ様ははっきりとした口調で続けた。笑みを浮かべていて言葉は優しいが、かなりのプレッシャーを感じて全身が強張る。

「そう簡単に妊娠するとは限らないのでは……？」

「あなたたちふたりは健康で若いのだからできないわけがないわ」

清花おばあ様は跡取りに固執するあまりか、有無を言わさない口調で言いきる。

「もしも……ご期待に添えなかったら……？」

「一年後には離婚してくださっていいのよ」

「え？」

「残念だけど、もしそうなったらほかの女性と結婚してもらうわ。私もこの先長くない。清志郎さんには早く跡継ぎを設けてもらわなくてはならないの」

妊娠できなかったら、私はお役御免ということだ。

想像して胸がズキンと痛みを覚える。

まだ愛ではないけれど、物心ついた頃からずっと清志郎さんと結婚すると思っていたから、二回しか会ったことがなくてもすでに家族みたいな気持ちだった。

清花おばあ様の言葉が、剣《つるぎ》となって胸に突き刺さったような感覚だ。

「こんなことはわたくしも言いたくないのよ。蘭さんはわたくしの孫同然ですもの。でも東妻家が清志郎の代で終わるなんてご先祖様に申し訳が立たないの。わかっていただけるわよね？」

清花おばあ様の胸中は理解できる。

ずっと考えていたのだろう。私が十八歳でふたりの会話を聞く前から。

東妻家を後にし、謝恩会に少しだけ顔を出したが、清花おばあ様の話が頭から離れず上の空だったため早めに帰宅した。

家では、父が知り合いの寿司店から取り寄せたにぎり寿司や母が作ってくれた煮物などの料理が並び、卒業を祝ってくれるようだった。

父の秘書をしている誠兄さんも帰宅しており、久しぶりに家族が揃《そろ》った。

食事を始めようとしたところでインターホンが鳴り、出てみると宅配業者で、大きな箱をふたつ渡して玄関を出ていった。

私宛だと言っていたけれど、差出人は……？

視線を伝票に動かして、思わず「あ！」と声が出る。差出人は清志郎さんだった。

ふたつの箱を抱えてダイニングルームに戻った。

「あら、どなたから？」

テーブルに着いている三人の目が私の方へ向けられる。

「清志郎さんからみたい」

ソファの方で開けてみる。

ひとつ目の箱の中身は、百本はありそうなピンクのバラの花束だ。

母がテーブルを離れて隣に立つ。

「まあ、たくさんのバラを贈ってくださったのね。素敵だわ。もうひとつはなにかしら？」

ごく普通の段ボールを開くと、ハイブランドのリボンがかけられた箱が入っていた。

中身はなんだろうと、心臓がドキドキしている。

白いリボンを外して、箱をそっと開けてみると、ハンドルのついているチェーンバッグが存在感を放っていた。なかなか手に入れることができないものだ。色は黒で、カジュアルでもフォーマルでもどんな服にでも合わせられる人気のバッグに目を丸くさせる。

教養の一部としてブランドはひと通り把握しており、このバッグがかなり高いことも知っている。

「素敵だわ。蘭、大事にしなくてはね」

母が私に微笑んだとき、「プレゼントはなんだったんだね？」と父の声がした。

バッグを持って父のもとへ歩を進める。

「ほう、いいじゃないか」

「いいじゃないかって、父さん。日本じゃなかなか手に入らないバッグだよ」

秘書としての誠兄さんは敬語だが、家での砕けた口調になる。

「そうか、さすが清志郎君だ。蘭、ちゃんとお礼を言っておきなさい」

「はい」

清花おばあ様から今日私が大学を卒業することを聞いていたのだろう。

昼間、清花おばあ様に言われた言葉をまた思い出して、プレゼントはうれしいが憂鬱な気分に襲われる。

子どもは欲しいからといってできるものでもない。健康には自信があるし、二十歳を過ぎてから清花おばあ様の指示で産婦人科の検診も受けている。

まだバージンの私が産婦人科へ行くのは勇気がいったが、医師は女性だったので安堵した。医師は、妊娠できるし健康体だと言ってくれた。

でも……妊娠するには、清志郎さんに抱かれなければならない。私の知識なんて乏しいが、そこを通らなければならないのだ。

部屋に戻って、スマホからメッセージアプリの清志郎さんのアイコンをタップする。

そこは白紙状態だ。

この四年間何度も開いて、清志郎さんに他愛もないメッセージを送ろうと思ったが、できなかった。

今回はお礼という大義名分があるので、いろいろなことを書ける。そう思ったのに言葉が出てこなくて、プレゼントのお礼を簡単に打って送信した。

二、スイスの花嫁学校

大学卒業後、フィニッシングスクールへ出発するまでは料理教室へ通ったり、大手企業に入社した真理と裕美に会ったりして、意外と忙しく日にちが経っていった。

スイスへの出発まで一カ月となった五月のある日、ベッドに入ったところでメッセージアプリが着信を知らせた。

「あ！」

思わず声が漏れるほど驚いてしまった。清志郎さんからだった。

以前送ったプレゼントのお礼のメッセージにも、彼からは【おめでとう】とそっけない返信しかこなかった。私も【卒業お祝いありがとうございました。大切に使わせていただきます】しか送らなかったので無理もないのだろうが。

心臓を高鳴らせて清志郎さんのアイコンをタップする。

【フィニッシングスクール修了後、カンヌの家に滞在してもかまわない】

用件だけの文面を見て寂しさを覚える。

清花おばあ様が強引に頼み込んだのかもしれない。

【ありがとうございます。住所を時間のあるときでかまわないので教えてください】

どうしても友人たちとするような気軽な会話文を打てなくて、この短い文だけでどっと疲れを覚える。

一緒に住むようになって会話が弾むようになればいいな……。

それから数日経って、清志郎さんのカンヌの家の住所が送られてきた。

六月初日、スイス・ジュネーヴ行きのフライトに搭乗した。

真夜中に羽田空港を発ち、早朝フランスのシャルル・ド・ゴール空港に着きトランジット後、お昼前に現地に到着する。

「ご搭乗の皆様、本日はＡＬＬ　ＡＩＲ　ＮＩＰＰＯＮをご利用くださいまして誠にありがとうございます。この便の機長は桜宮《さくらみや》、私は客室担当の村本《むらもと》でございます。当機は間もなく羽田空港を離陸いたします。シートベルトを――』

キャビンアテンダントのアナウンスが入り、ビジネスクラスのゆったりめの座席で装着したシートベルトを確かめる。

ひとりで飛行機に乗るのは初めてなので少し不安でもあるけれど、隣の席が離れているのでリラックスできそうだ。

フィニッシングスクールは明後日からで、明日の夜はウエルカムパーティーが予定されている。

知り合いもいない中でのパーティーは戸惑うこと間違いなしだが、授業前に参加者と交流できるのはいいことだと考える。

大学では国際交流学部だったので、外国人留学生の友人もたくさんいた。今まで勉強してきたことをいかせばなんとかやっていけるはず。

自分を勇気づけていると、機体がゆっくり動き始めた。

ビジネスクラスのおかげでゆったりとフライトを楽しみ、シャルル・ド・ゴール空港でトランジットしてからジュネーブのコアントラン国際空港に十一時過ぎに到着した。

六週間後にはフィニッシングスクールを終えて、清志郎さんの家に滞在する。それがどんな生活になるのかはまったく想像できない。

「とりあえず、がんばらなきゃね」

一般教養は身につけているつもりだが、行かせてくれた清花おばあ様のためにもしっかり学ばなければと思う。

迎えが来ていると英語でスマホにメッセージが届いたので、キャリーケースを三個カートにのせて到着ロビーへ移動する。出たところで、私の名前を書いたボードが目に入り、きちんとスーツを着た父親くらいの男性に近づく。

目と目が合って小さく笑みを浮かべて頭を下げる。こちらの人はお辞儀よりも握手が挨拶なのだろうが、つい癖でしてしまう。

「This is Ran Misawa. Thank you for picking me up.」（三澤蘭です。お迎えありがとうございます）

英会話は幼少期から外国人の先生に習っていた。二年前に清志郎さんがカンヌに引っ越したことから大学での第二外国語をフランス語にし、多少は理解できる程度だ。

スイスの公用語はドイツ語、フランス語、イタリア語、ロマンシュ語だが、フィニッシングスクールは各国から学びに来るので、英語が通常話されているとのことだ。

「I am Roger.Miss Misawa,we have been waiting for you.」（私はロジャーです。三澤さん、お待ちしておりました）

押していたカートを男性が引き取ってくれ、外に出て車に案内される。

車体の長い黒塗りの高級外車の後部座席に私を乗せた男性は、キャリーケースを運び終えると運転席に座り車を動かした。

空港からフィニッシングスクールまでは車で一時間くらいの距離だと、ミスター・

ロジャーが教えてくれる。

「質問があればなんでもどうぞ」と、運転をしながら英語で話す。

「スクールには何人の生徒がいますか？」

「今回は十四人のお嬢様方です。アメリカ、イギリス、フランス、スペイン、オランダなど、各国からいらしていますよ」

今どき、フィニッシングスクールで学ぶ女性は少なくなっていると聞いているので、参加者はセレブリティな一族の令嬢なのだろう。私は違うけれど。

話をしているうちに車は大きな湖のそばを走っていた。レマン湖だ。スイスの南西部とフランスとの国境に接していて、三日月形をしている。

初夏の空は青く、レマン湖の水面がキラキラしている。

フィニッシングスクールはレマン湖のほとりにあると、パンフレットに書かれてあった。

この美しい景色が毎日見られれば、心が穏やかで洗われるような感覚になるのではないかと思う。

学校に到着すると、厳格な雰囲気の年配の女性に六週間滞在する部屋へ案内される。

彼女はマルチナ・フライと名乗り、寮を管理していると紹介された。

寮は別棟にあり三階建てで、五つ星ホテルのような豪奢な建物だ。

案内された二階の部屋も豪華な中世ヨーロッパを思わせるインテリアで、天蓋付きのベッドにソファセット、アンティークなデスクなどが配置されている。

「今夜は七時からウエルカムパーティーですので、それまではお休みになるか近辺を散策するのもいいかと思います。すぐにランチを運ばせますね」

「ありがとうございます」

お礼を口にすると、マルチナさんは部屋から出ていった。

部屋の案内をされている最中に、私のキャリーケースは部屋の隅に並べられていた。

「散策もしたいけれど……」

三個のキャリーケースへ視線を落とす。

ランチを持ってきてくれると言っていたし、今は荷物整理をするのが先だろう。

そこへノックがあり、グレーのワンピース姿のメイドがサンドイッチとネクタリンと葡萄《ぶどう》のフルーツ、アイスティーを持ってきてくれた。

お礼を言ってトレーを受け取り、ソファのテーブルの上に運ぶ。

ひとまず荷物整理は中断し、ソファに座って食事をすることにした。

サンドイッチを食べながらスマホを開く。

時差は日本が七時間進んでいる。今は十三時三十分なので、向こうは二十時三十分。

母と清花おばあ様に無事に到着した旨を打って送る。清花おばあ様のスマホは実際には久子さんが常に持っていて、内容を伝えてくれる。

送ってすぐに母からの返事が届いた。

【大変だと思うけど、せっかく行かせてもらっているのだから、しっかり習得しなさいね。お父さんは有名なフィニッシングスクールへの入校が誇らしいみたいで、議員会館で自慢していたと誠が言っていたわ】

母からの返事に、はぁ～とため息が漏れる。

父にとって最高の部類に入るのが〝ステータス〟なるもので、大学のミスコンでグランプリを取ったときも自慢していたと誠兄さんから聞いている。

常に息子と娘には一番を求めており、だめな部分があると強く否定される。家にいると息苦しさを感じるので、ここに来られて開放感が得られている。

ネクタリンをひとつ食べ終えて、荷物整理を再開する。小さな冷蔵庫があるので、葡萄は入れた。

キャリーケースの中には、着回しができるよう普段着をいくつかと、ドレスが四枚。

授業に使うロングタイプや今夜のウエルカムパーティー用などで、それらに合ったバッグも持参している。そのほか訪問着一式も用意した。ここでは必要がないと思うが、清志郎さんの家に滞在したとき、万が一パーティーがあった場合のためだ。清志郎さんが私を社交場に連れていくことはあるのかな、そのときは婚約者として紹介してもらえるのだろうか……。

今夜着るドレスをベッドの上に広げる。

光沢のあるシャンパン色の生地の上に花柄の刺繍がチュール生地に施されており、袖はフレンチスリーブでAラインのスカートはミモレ丈だ。

このドレスなら、刺繍が素敵なのでほかのセレブリティな受講者たちと見劣りがしないはず。

ウエルカムパーティーの準備を終わらせてから、部屋を出て中央のらせん階段を下りて外へ出た。

それにしても十四人いる参加者の誰とも会わない。出かけているのか、部屋で休んでいるのか。

スクールの表玄関まで足を運んでみると、レマン湖が目の前に広がっていた。

隣の州にはレマン湖に浮かんでいるように見えるスイス一美しい城、〝シヨン城〟

があるので滞在中に訪れてみたいな。

部屋に戻ってお風呂に入りウエルカムパーティーの支度をする。

髪は緩く編んでからまとめて首もとをスッキリさせた。

薄くメイクを施し、準備が終わったところでウエルカムパーティーの十五分前になった。

少し早いかもしれないがギリギリになるのも性格上嫌なので、ハンカチとティッシュを入れたクラッチバッグを手にして一階の大広間へ向かった。

らせん階段を下りるとそこにマルチナさんが立っており、廊下を進んだ左手にある大広間に案内される。

大広間を入ったところで、シルバーの髪を結ったスラリとした老齢の女性がにこやかに近づいてきた。

「ミス・ミサワ。ようこそわが学院へ」

清花おばあ様くらいだろうか。けれど、姿勢がとてもよくて元モデルのようなしなやかな歩きで私の前に立ち、顔を近づけて両頬に唇を寄せた。

とても親しげな挨拶で驚いてしまう。私が慣れていないせいもある。

「私はここの創設者であり学院長のアンナ・シュテファンよ」

フランス人の学院長は流暢な英語で自己紹介する。

「はじめまして、ラン・ミサワです。どうぞよろしくお願いいたします」

「日本人がわが校にいらしたのはミス・ミサワが初めてなの。とても美しい方ね。わが校でエチケットを学んでいらしてね」

「ありがとうございます」

仕草は上品そのものだが、フレンドリーな笑みにホッと安堵する。

「婚約者のミスター・アヅマに多額の寄付をいただいていますの。ミス・ミサワからもお礼を伝えてくださいね」

え……？

「すみません。聞き取れなかったようです。誰から……？」

英語で会話しているが、学院長は少し癖があって聞き間違いなのかともう一度尋ねる。

「ご婚約者ですよ。お電話で話しましたが、フランス人かと思うほど淀みなくお話しされて」

清花おばあ様ではなく、清志郎さんが寄付をしたなんて……。しかも多額と言っていて、学院長はとてもうれしそうだ。

「素晴らしいご婚約者ね。去年、フランスの有名誌で〝フランスで活躍する実業家二十人〟に選ばれて」

清志郎さんのこちらでの仕事は、清花おばあ様や彼の会社のウェブサイトなどから多少の知識は得られていたが、そんなことがあったなんてまったく知らなかった。日本人が選ばれるなんてすごいことなのだろう。

彼は清花おばあ様にそのことを話さなかったのだ。清花おばあ様が知っていれば教えてくれるはず。

驚いて返事ができないでいると学院長が続ける。

「そのような方がご婚約者なら、わが校のカリキュラムを身につければどこへ行っても恥ずかしくないですからね」

そこへほかの受講者が現れ、学院長は「では、失礼しますね」と言って私から離れていく。

清志郎さんが学院長に私を婚約者だと言ってくれた……。

認めてもらえた気がして、うれしさに顔が緩んでくる。

スタッフが長テーブルの席へ案内してくれて着席すると、プラチナブロンドの女性がやって来て隣に座る。

アイスブルーのシンプルなドレスを着た彼女は、にっこり笑って手を差し出し自己紹介する。

瞳の色もブルーで、私が小さい頃持っていた人形を思い出させる。

「アルマ・オークランスよ。アルマって呼んでね。スウェーデンのストックホルムから来たの」

「ラン・ミサワです。日本から来ました。私のことはランと呼んでください。よろしくお願いします」

「あなた若いわよね？ 東洋人は若く見えるっていうけど、十六くらいかしら？」
シ、シックスティーン……。
ぶしつけな質問だけれど、笑顔で聞かれたので彼女にとってはあたり前なのだろう。

「二十二です」

そう言うと、ブルーの瞳の目を丸くした。

「本当に？ 私は二十六よ。十歳は違うかと思ったわ。でも十六じゃ入学できないわよね」

サラサラのプラチナブロンドを耳にかけて笑う。

「ええ。ちゃんと成人しています」

「シミひとつない陶磁器みたいな肌でうらやましいわ。ここに来たってことは結婚相手がいるのね？」

「はい。アルマも？」

「そうよ」

アルマの左手の薬指には、目を見張るほど大きなダイヤモンドのエンゲージリング
がはめられている。私も清志郎さんから指輪をもらう日がくるのだろうか。

そこで次々と長テーブルに着飾った女性たちが着席し、学院長やふたりの教師も椅
子に座ったので話を中断する。

私の左手の斜め前に学院長が座り、七人ずつ座った間にふたりの教師が対面同士で
腰を下ろした。

自分の席が学院長の近くだということに驚いて、テーブルのネームプレートを確認
するが、間違いなかった。

私なんて末端の席でいいのに……。

清志郎さんの寄付があったからなのではないかと思う。

学院長が立ち上がり受講者たちに挨拶し終えると、シャンパンがフルートグラスに

注がれていき上品な乾杯となった。

給仕服を着た数人の男性が現れ、スマートに料理ののった皿が置かれていき食事が始まった。

周りを見回すと、高そうなドレス姿で誰もが自信に満ちあふれているように見える。

静かに食事を進めていくのが慣れなくて、早く終わらないかななんて思ってしまう。

でもそれでは来させてくれた清花おばあ様に申し訳ない。

常に邁進し、六週間のカリキュラムをしっかり身につけなければ。

「皆様、さすが良家のお嬢様方ですね。食事のマナーは恥ずかしくないものです。これからわが校で多様なカリキュラムを学び、美しい花嫁になってくださいね。それでは、サロンの方でお茶を飲みながら自己紹介をいたしましょう」

学院長の言葉で、次々と席を立った受講者たちがサロンへ向かう。

「ラン、私たちも行きましょう」

アルマに声をかけられ、ホッとしながら椅子から立ち上がった。

大広間の隣にあるサロンには、美しい花柄のヨーロピアンソファがいくつか置かれている。三人掛けのうち二席が空いていて、私とアルマは並んで座る。

進行役の教師の指示で、順番に自己紹介が始まった。

私は最後で順番がくるまでドキドキしていたが、みんなは自信満々に出身地や父親の職業、婚約者がいる場合はかなり詳細なところまで話している。

アルマの順番になる。彼女の父親はスウェーデンでトップクラスの自動車メーカーのCEOだった。婚約者は大病院の跡取り息子だと話している。

みんなはアルマの左手薬指で輝く立派なダイアモンドを見ても、とくに驚いていないみたいだ。

それもそのはずで、数人を除いてほとんどがエンゲージリングをはめており、どれも離れた席からでもかなり大きく見える。

自分の番になり自己紹介した後、将来を約束している男性がいることを端的に付け加えて席に着いた。婚約者の名前は出していないが、周囲は清志郎さんだとわかっているようで、ささやくように噂している。

アルマも皆の様子に気づいたのか、顔を寄せてきた。

「彼、有名人よね。みんな注目しているわよ」

どう反応したらいいか戸惑いつつ薄く笑みを返す。

この学園に寄付もしているし、実業家としてもやはり清志郎さんはかなり知られているようだ。彼のすごさを再認識しながら、ほかの女性の紹介を聞いていた。

教師はみんなに明日からのカリキュラムを説明する。配られたファイルの中には、スケジュールが事細かに記載されている。

その後解散になった。

ぞろぞろとらせん階段を上がり、それぞれの部屋に入っていく。アルマは三階で、「また明日」と挨拶をして別れた。

部屋に戻って、ふぅとため息を漏らしソファにポスンと座る。

時刻は二十二時三十分を回っていた。

抱えていたファイルを開いて明日のスケジュールへ目を通す。

朝食は七時三十分から八時までの三十分しかなく、一時間ごとにカリキュラムに沿って授業があり、休憩時間はその都度十五分。時間内に部屋を移動するので、あまり休めないに等しいだろう。

ランチは二組に分かれて、受講生がテーブルサービスをする授業の一環になっている。午後はテストや社交ダンス、ワイン学、ビジネスエチケット、フラワーアートなどもあり、かなり時間割が細かい。

夕食後も自己プレゼンテーションなどがあり、二十一時まで一日みっちりのカリキュラムだ。

「大変そう……」

土日は休日だが、テストも頻繁にあるので、外出時間が捻出できるか微妙だ。

東洋人は私だけで、言葉や生活環境が違うからほかの受講者たちの足手まといにならないようがんばらなければ。

翌日からカリキュラムが始まった。

アルマは初対面から仲よくなったが、徐々にほかの受講者とも授業を通して会話が弾むようになり、知らないことを習得し、その週が終わる頃には楽しいとさえ思えてきていた。

授業では膨大な知識を詰め込み、二十一時に解放されても部屋で一時くらいまで復習をする。

六月中の休日は疲れと勉強で外出しなかったが、昨日の日曜日はアルマとシヨン城を見学してきた。

外のレストランやカフェに入って久しぶりの休日を楽しんだ。

七月、ますます夏らしい季節になり、湖畔の花々が綺麗に咲いている。

少し気持ちにゆとりも出てきて、早朝にアルマとレマン湖の畔を散歩するようになった。

湖の景色が綺麗で、アルマが婚約者に写真を撮って送っている。私も清志郎さんに送ろうかなと一瞬よぎるが、思わず首を左右に振る。

そういうやり取りができる関係じゃないし……。

フィニッシングスクールを終えたら、清志郎さんとの生活が始まる。そうしたら、きっと変わるはず。


七月最初の月曜日のカリキュラムが終わり、部屋に戻ってきた。

フィニッシングスクール最後の週の土曜日、つまり来週なのだが、家族や婚約者を招き、アフタヌーンティーパーティーでもてなすカリキュラムがある。

それがここの滞在最後の日で、夕方には学院を出る。家族や婚約者と一緒に帰宅できるように企画されていた。

そうはいっても招待客は遠かったり仕事で多忙だったりと事情はさまざまなので、自由参加になっている。

両親は遠いスイスまで来られるわけがないので、あえて連絡しなかった。

清志郎さんは隣の国に住んでいるが、忙しい人なので仕事かもしれないと思いながらいちおう招待状を送った。レッスンで習ったカリグラフィで書いたものだ。

アフタヌーンティーパーティーはもう来週末に迫っているが、返事はまだ届かない。

やっぱり来られないのだろう。

秋まで独身を楽しみお互い自由に過ごすはずが、もう少しでできなくなる。もしかしたら恋人との時間を大事にしているのかもしれない。

考えると、胸がズキンと痛む。

清志郎さんに恋人がいたら……。今まで何度もそう脳裏に浮かんでは『彼は大人の男性なのだからいて当然』と自分を納得させてきた。

結婚した後も清志郎さんが恋人との関係を続けていたら、耐えられるか自信がない。

招待状を出してからの数日間は気が気じゃなかった。何度もメッセージアプリを開いては落胆する毎日だ。もしかしたら彼の自宅に招待状が届いていないんじゃないかと不安がよぎるも、あえて返信していない可能性もある。でも聞く勇気はない。

今日も彼からメッセージが入っているか、儚い望みを持ってメッセージアプリを開こうとスマホを見ると「え！」と声が漏れる。

清志郎さんからメッセージが入っていたのだ。ビックリしてスマホを落としそうになった。

返事が怖くて、タップする指が緊張で震える。

来られなかったらそれは仕方ないし、一緒にアフタヌーンティーだなんて緊張しかないだろう。

来てほしい気持ちもあるが、それ以上に戸惑う自分がいた。

大きく深呼吸をしてからスマホの画面をタッチする。

そこには短く、パーティーに参加するという一文が書かれていた。

清志郎さんが来てくれる。

彼と会うのはドキドキするが、こうして返事をもらってうれしいのは否めない。

三、ドキドキの同居生活

今まで教わってきたカリキュラムの総合テストの結果が、最終日の金曜日に返却された。十四名全員が合格で、ディプロマをもらえた。

ディプロマとは、教育プログラムの修了証明書で、額に入れて飾りたいほど素敵だ。

その夜はウエルカムパーティーのときと同じように、長テーブルで豪華なフランス料理を堪能した。

「とうとう明日までね」

隣の席に座るアルマが残念そうなため息を漏らす。

初日と異なり、今日は食事中も皆思い思いに会話をしている。

「寂しいわ。みんなと仲よくなったので離れがたいな」

「ほんとにそうよね。ランは一番年下だから、妹みたいにかわいがられていたわね」

「う〜ん、かわいがられていたっていうのはちょっと……頼みやすいんじゃなかったのかな」

雑用をさせられることも多かったが、それはそれで嫌じゃなかったし、みんなと仲よくなる過程だと思っている。

「それね！　たしかにランはいつも動き回っていたわね。でも、嫌な顔ひとつ見せずに。本当にあなたは素敵な女性よ」

「そんなに褒めないで。照れちゃうわ」

そう言って笑い合う。

「明日はランのフィアンセに会えるのね。楽しみだわ」

「私もよ。アルマのドクターを紹介してね」

「もう、私のドクターじゃなくて患者さんのドクターよ。乾杯しましょう」

シャンパンの入ったフルートグラスをお互い持ち、軽く掲げて口にする。

「ランはあまり飲んじゃだめよ。弱いんだから」

「今日は特別よ」

「だめよ。ワイン学のとき試飲だけで顔が真っ赤で気持ち悪くなっちゃったでしょう？」

「あれはいろいろなアルコールを飲んだから……」

吐くまではいかなかったが、目の前がしばらくクラクラしていた。

「明日、頭痛でフィアンセに会う気？」

「そ、それは困るわ。これだけにしておく。もう一度乾杯して？　あ、スウェーデンではスコールだったわよね？　スコール」

アルマに向けてフルートグラスの柄を持ってにっこり笑った。

「かわいいんだから。スコール」

ひと口飲んで、アルマは反対に座る受講者に話しかけられた。

清花おばあ様が勧めてくれなかったら、こんな楽しい時間を過ごせなかった。貴重な体験をさせてもらった。

だから、なんとしても報いらなければならない。

『いずれ結婚するのだから、早めに同居してもなにも問題はないわ。それに婚前妊娠は大歓迎よ』

婚前妊娠は大歓迎……。

ふいにベッドに押し倒されている姿が脳裏に浮かぶ。

「ラン、やっぱり飲みすぎよ。顔が赤いわ」

いつの間にかアルマが私を見ていて、グラスを取り上げた。

まだ二杯目で飲みすぎたわけじゃないが、顔に熱が集まっているので否定できなかった。

翌日はアフタヌーンティーパーティーが始まる十一時までに、荷物整理と着替えを済ませることになっていた。

パーティーの終了後、受講者はここを退出する。

多くはフィアンセや家族と帰宅するのだろうが、私は清志郎さんになにも話していないので、今日はジュネーヴのホテルに泊まり、彼の都合を聞いてからカンヌへ行くつもりだ。

アンティークな洗面所の鏡でメイクを確認してから、身に着けたワンピース、ストラップのベージュのサンダルまでトータル的に合っているかチェックを終わらせる。ミントグリーンのワンピースはノースリーブで、スカートの丈は膝までだ。シンプルだが、夏らしい爽やかな色が気に入っている。

髪は緩くサイドを編んでアップにした。そうすると華奢な首が見えてバランスがいいと、美容の教師にアドバイスをもらったのだ。少し大人っぽく見えるし、涼しい。

アフタヌーンティーパーティーが始まる三十分前、清志郎さんから連絡が入っていないか確認しようとスマホを持ったとき、手がすべって床に落としてしまった。

「あ！」

急いで拾ってみると、画面は傷になっていないが真っ暗になっている。

電源を長押ししてみたり、電池パックを出し入れしてみたり、電源コードをつないでみたりするが起動されない。

「嘘……」

「壊れちゃったの？」

今までいろいろ撮った写真が……。

アルマと行ったシヨン城の写真などももう見られないかもしれない。直らなかったら、あのときの写真はアルマも撮っているのでもらおう。

「カンヌへ行ったら、修理をしてくれるお店を探さなきゃ」

清志郎さんからメッセージが入っていたかもしれないのに……。

早めに部屋を出て一階へ下りると、受講者の家族や婚約者がすでに数人いて学院長や教師たちと話をしている。その中に清志郎さんの姿はない。

建物の外に出て、彼が来ないか首を伸ばして道路を見る。

どうしたのかな……もしかして来られなくなった？

腕時計へ視線を落とすと五分前だ。

中に戻ろうとしたとき、高級外車がやって来て足を止める。

車は私の横で止まり、後部座席から清志郎さんが降り立った。

ブラックスーツにくすみピンクのネクタイを締めた姿は大人の男の色気が漂っていて、早くも心臓を高鳴らせてしまった。

私が知っている彼の髪形はサラッと前髪を垂らしていたが、今日はアップバングになっている。

前髪を上げて額が出ているので精悍さがあり、さらに男性の色気にあてられて一瞬ポカンとしてしまった。

「……清志郎さん、来てくださりありがとうございます」

「遅くなってすまない。行こう。案内してくれ」

口もとを緩ませた清志郎さんはごく自然に私の腰に手を置き、驚きとともにドキッと心臓が跳ねる。

「こ、こっちです」

アフタヌーンティーパーティーの会場の大広間へ案内する。

大広間は丸テーブルが七つほど配置され、白いテーブルクロスがかけられて、カトラリーと美しい皿が置かれている。

大広間へ入ると、学院長が私たちのもとへやって来る。

「ミスター・アヅマ、ようこそお越しくださいましたわ。先日はありがとうございました」

学院長は至極丁寧に頭を下げる。

清志郎さんは有名誌にも写真がたびたび出ているみたいなので、学院長はすぐにわかったようだ。

「彼女がお世話になりました。素晴らしい環境ですね」

さすが有名なロンドンの大学を出て、こちらで仕事をしているだけあって淀みなく綺麗な英語だ。

「フィアンセのランさんはとても優秀でしたのよ。努力家でもありますし、素敵な女性ですね」

「ええ。かわいいフィアンセです」

口もとを緩ませながら話す彼はとても魅力的だ。

今日の清志郎さんは、私をちゃんとフィアンセとして扱うみたいだ。

「申し込みがあったときにおばあ様からお聞きしていますよ。昔からの家同士の結びつきだと。ミス・ラン。こんなに素敵な男性の妻になるなんて、あなたは幸せだわ。ではお席へご案内しますわね」

給仕の女性に学院長がうなずくとこちらへやって来る。

「ご案内お願いします」

「かしこまりました」

私たちはアルマとフィアンセ、見事なプラチナブロンドのご両親がいる席に案内された。フィアンセは短髪の赤毛で、がっしりとした大柄な男性だ。

アルマは近づく私に笑みを向ける。

「同席でうれしいわ。紹介するわね」

着席してお互いの家族やフィアンセを紹介する。

清志郎さんは私を挟んで座るアルマのフィアンセと楽しそうに話をしている。

私が知っていた清志郎さんとは別人のように愛想がよくて、目を疑ってしまった。

テーブルの上のアフタヌーンティースタンドには、甘いものが苦手な男性のためにかセイボリーが多めになっている。

食事や会話を楽しんでいる様子の彼はときどき、私へ顔を向けて笑ってくれる。

いかにも私たちが愛し合っているように見えるが、実際は違う。

どういうつもりなのか……と思ってしまうが、ここで邪険にされていたら惨めだからよかった。

社会経験を積んだ彼は、そのときに応じてのスキルが身についているのだろう。

ケーキスタンドの皿の上のスイーツや料理がほとんどなくなった頃、学院長が社交ダンスを提案する。

「今まで習ったことを披露してくださいね。もちろん自由参加です」

アルマとフィアンセやほかのテーブルのカップルが広いスペースへ向かう。

社交ダンス……清志郎さんは踊れるのかな……?

自由参加なのだから、無理に行くことでもない。

すると隣に座る清志郎さんが立ち上がる。そして手を差し出された。

「え?」

仰ぎ見ると不思議そうな彼がいる。

「ダンスするんじゃないのか?」

「あ……できるんですか?」

「もちろん」

清志郎さんは麗しく笑って、私の手を掴《つか》んで立たせた。

レッスンのときに使われた聞きなれた曲が流れ、みんなは楽しそうに踊っている。

清志郎さんとの初めてのダンスは恥ずかしさもあり、鼓動が痛いくらい暴れている。

彼の手が、私の手を腰に……。

もう片方の手は恋人つなぎで、すっぽり包み込まれそうなほどの大きさにドキッと心臓が跳ね、顔を上げてまともに清志郎さんが見られない。

音に合わせて彼がステップを踏み始め、私も足を動かす。清志郎さんのステップは優雅で、やはり彼は生まれ持った気品がある。

少し習ったくらいの私では比較にならないほど上手で、いつもよりもエレガントに踊らせてくれる。

終わった後、まだ踊っていたいくらいだった。

席に戻って爽やかなハーブティーを飲み、そろそろ終わりの時間が近づいている。

そこで学院長の話が始まり、終了の言葉を述べた。

「皆様、またどこかでお会いできるのを楽しみにしております。わが校で学んだスキルをお役立てください」

パーティードレスの私たちは、家族やフィアンセから離れ、ぞろぞろと大広間を出ていく。この後部屋に戻って着替えてから、学院を離れる。

昨晩みんなでお別れをしているのでさっぱりしたものだ。

清志郎さんに向き直る。

「今日はありがとうございました。清志郎さんのご都合のいい日にお伺いしようと思っています。それまでジュネーヴかニースに――」

「ちょっと待ってくれ。俺のメッセージを見ていないのか？」

私の言葉を遮って、困惑したような表情を見せる。

「はい……あ！　すみません。パーティーの前、スマホを床に落としてしまって壊れてしまったんです」

「なるほど……もしかして俺が来ないんじゃないかと、外に出ていたのか？」

「来ないとは思っていませんでした。でもお仕事でだめになったのかもと……」

結局のところ、来ないかもしれないと思った。

やんわり口にすると、清志郎さんはふっと口もとを緩ませる。

「滑走路にトラブルがあって離陸が遅くなったんだ。その旨も送ったし、一緒にカンヌへ戻ることも書いてある。時間をつぶすためにジュネーヴかニースにいようと思ったんだろう？　一緒にカンヌへ行こう」

「……いいのでしょうか？」

滞在することはするが、あまり早すぎると迷惑になるのではないか。

「俺たちだけになったぞ？」

「え？」

大広間を見回すと私たちしかいなかった。

「ジュネーヴかニースに用がなければ」

「は、はいっ。着替えてすぐに戻ってきます」

ホッと胸をなで下ろし、清志郎さんから離れた。

ジュネーヴ国際空港へ車が到着して降りたが、そこは私がここに来たときの景色と違う。

「ここはジュネーヴ国際空港なんでしょうか……？」

「そう、プライベートジェットエリアだ」

サラッと口にした清志郎さんは、ジャケットの袖を軽く持ち上げて時計を確認する。

「ええっ！　プ、プライベートジェット？」

息が止まるくらい驚いて、目を見張る。

「チャーターしただけだ。所有してはいない。乗りたいときに使う方が、利便性がいいから。行こう」

運転手が私のキャリーケースをカートに並べているが、清志郎さんは私を促し建物の中へ進ませた。

利便性がいいからって、チャーター機はとてつもない金額になるに違いない。数時間だけのことに大金を使わせてしまったことが申し訳ない。

そこで学院に寄付をしてくれたのを思い出す。

「清志郎さん、寄付をしてくださったと学院長から聞きました。お金を使わせてしまい心苦しいです」

「君がそんなふうに思うことはない。婚約者が世話になるのだから当然だ。パスポートを出して」

ショルダーバッグからパスポートを出して、清志郎さんに渡す。

彼は制服を着た空港関係者にふたりのパスポートを差し出した。

〝婚約者〟と言ってくれたことに一瞬うれしく思ったが、彼にとっては体裁がなにより大切だからしただけであって、別に私のためにしてくれたことではないんだ……。

パーティーのときは愛想がよかったのに、今は取りつく島もないので、心の中でため息が漏れた。

ジュネーヴからフランスのニースにあるコート・ダジュール空港までのフライトは

約一時間、そこから清志郎さんの運転で自宅のあるカンヌに向かう。

時刻は十六時三十分を回ったところで、まだまだ明るく日差しが強い。

エアコンをきかせたホワイトパールの高級外車は海沿いを走っており、地中海の美しい景色が目を楽しませてくれる。

ビーチでは水着姿の老若男女が楽しんでいて、パラソルなどが色を添えていて賑やかだ。

レマン湖の静かな景観とは違っていて、こちらの景色はなんとなくうきうきしてくる。

運転している清志郎さんをチラッと見る。

彼は薄いブラウンのサングラスをかけて、リラックスした雰囲気で運転している。

豪華なプライベートジェットの中では席が通路を挟んでいたし、一時間のフライトで会話はとくになかった。

清志郎さんの一挙手一投足にドキドキしてしまうので、離れていてよかったと安堵していたが、車の中で沈黙しているのは息苦しい。

そう思っていると、清志郎さんが口を開く。

「カンヌはパリよりはスリに遭う件数は比較的少ないが、用心に越したことはない。

ひとりで街を歩くときはとくにバイクに気をつけた方がいい。君はこっちの人から見て、若くてかわいい」

え……？　若くて、か、かわいい？

驚きで言葉に出せず、運転席の清志郎さんを見ながらも目を泳がせてしまう。

「どうした？　ミスコンでグランプリを取ったのに、自信がない？」

「知っていたんですか？」

「祖母から連絡があった。女子大でグランプリはすごいんじゃないか？　胸を張って私は綺麗なのよと態度に出せばいいのに、君はおどおどしている」

おどおど？　それは清志郎さんにドキドキしているからよ。

「そんな女性が好きなんですか？」

「いや」

いや……？　じゃあ、なんでそんなことを言うの？

わけがわからず言葉にできないでいると、車は白い鉄柵の前に止まった。

鉄柵の横にある小さな建物から警備員のような格好をした男性が出てきて開ける。

「ここには二十軒ほどの家がある。うちは車で五分ほど走ったところだ」

道路脇には薄紫色のラベンダーが咲いていて、ゴミひとつ落ちていないので、しっかり管理されているのだろう。

二十軒ほどあるという家は高い塀で見えない。セレブしか住めない住宅地みたいだ。

車は坂を上がり、門の前に止まると自動で開く。再び車は動き出し、清志郎さんは白い建物の横にあるガレージに入庫させる。

「ここが自宅だ」

以前、清花おばあ様から清志郎さんがカンヌに家を購入したと聞いていたから、ここは持ち家なのだろう。

彼は今三十歳なので、大学を卒業してからたった八年間で実業家として大成功を収めたとわかって尊敬しかない。

車から降りて、トランクと後部座席からキャリーケースを出して玄関へ運ぶ。

玄関ホールは広々としていて、茶色のテラコッタタイルが敷かれ、黄色のソファセットが置かれている。

「ここは客が来たときに使っているが、それほど多くない」

少し進んでみると、窓の外に見えるプールに目を見張った。

「すごい……プールがあるんですね」

幅は五メートルくらいで、長さが二十五メートルはありそうだ。

「ああ。毎朝通勤前に泳いでいる。君も泳ぐのが好きだったら使うといい」

「はい。ありがとうございます」

返事をしたものの水着は持ってきていない。

でもきっと泳いだら気持ちがいいだろう。街で水着を探そう。

「部屋を案内する。家はコの字形で建っている。玄関ホールを境に、右手に書斎と簡単な運動ができる器具が置いてある部屋」

そう言いながら左へ歩を進める。

アーチ形のドアの向こうはリビングダイニングルームだった。

そこもインテリアデザイナーが入ったかのようにおしゃれで、座り心地のよさそうなカウチソファやダイニングテーブル、テレビやオーディオセットが配置されている。

「週三日ハウスキーパーを頼んでいる。食事も作ってもらって冷蔵庫に入れておいてくれている」

機能的なビルトインのキッチンだけれど、フレンチカントリーのミルクホワイト色の棚や引き出しで暖かみがあって、ひと目で気に入ってしまった。

料理好きな人なら誰でもこのキッチンを使いたいと思うだろう。

キッチンの横のドアはランドリーコーナーで、奥にシャワールームがある。

「プールから直接入れるから床を濡らすことはないようになっている。二階の各部屋にもバスルームがある」

「とても導線が考えられて作られた家ですね」

家というよりは邸宅と言った方がふさわしい。どう見ても豪邸だ。

「もともと建てられていた家をリノベーションしたんだ。二階へ行こう」

玄関ホールに戻って階段を上がる清志郎さんの後をついていく。

右手の通路の先にドアがあり広い部屋に、ダブルベッドが置かれている。

「ゲストルームだ。ここを使ってくれ」

「ありがとうございます。素敵な部屋です」

清潔に整えられたかわいらしい室内に、ふと考えがよぎる。

ゲストルームなので誰かがここに泊まったのだろうか。それは……女性……？

でも特別な女性だったら、彼のベッドルームのはず。

ふいに嫉妬心が沸き上がり、戸惑う。

それとともに、私が寝るのは清志郎さんの寝室ではないのだと、ひと安心のような、困ったような複雑な気持ちに襲われる。

別々の寝室で清花おばあ様の期待に応えられるの……？

「あの、本当に私はこの部屋で寝てもよいのでしょうか？　その……清花おばあ様は私たちに、ひ……曾孫《ひまご》を」

「……俺と祖母のことについて君が気にする必要はない。夫婦関係を性急に進めなくてもいいんだ。生まれてからこれまでずっと君を縛りつけていたのだから、俺は君を妻にする。君の考えが変わっていなければだが」

清志郎さんの考えを聞けてホッと安堵するが、ショックというか、がっかりしている。愛がないことはわかっていたけれど、彼が自分と結婚するのは私をこれまで縛りつけていた義務感からなんだ……。

「私は……変わっていません」

「わかった。じゃあ、キャリーケースを運んでくる」

「私も運びます」

「いや、いいよ。待っていてくれ」

清志郎さんが部屋を出ていく。

いいと言われても、自分の荷物なのだから任せっきりにするのも申し訳ない。

彼の後を追って階下に行くと、ふたつのキャリーケースを両手に持って上がってくるところだ。

「来ないでいいと言ったのに」

「そういうわけには。すみません、ひとつ運びますから」

すれ違いざまに言って下りる。

キャリーケースを持ってみるとかなり重たい。いつもは転がしているから、重さは気にしていなかった。でも運べないことはない。

右手に持って階段を上がろうとしたとき、右足がすべりピンヒールから変な音がした。

「きゃっ！」

キャリーケースを下敷きにして倒れ込みそうになったところへ、力強い手に支えられ倒れるのを免れる。

「大丈夫か？」

「だ、大丈夫です……ありがとうございます」

右足に違和感を覚え、ピンヒールを脱ぐと、ヒールが折れてしまっていた。

「そんな……」

「足は大丈夫か？」

手に持っているピンヒールから私の右足へ視線を向ける。

「足は大丈夫です。キャリーケースの重さに耐えられなかったみたいで」

すると、彼はおかしそうにふっと笑った。

「だから俺が運ぶと言ったんだ」

私が倒したキャリーケースを、清志郎さんは軽々と持って上がっていく。

左足も脱ぎ、両手でピンヒールを持ち階段を上がる。床がひんやりと冷たくて気持ちがいい。

ゲストルームに入った私に清志郎さんが口を開く。

「明日、靴を買いに行こう」

「ほかにも持ってきているので大丈夫です。これはパーティー用なので」

にっこり笑って首を左右に振る。

「わかった。とりあえず後日にしよう。夕食は近くのレストランでいい？」

「食材があれば作ります。和食は懐かしくないですか？　それとも好きじゃないですか？」

「いや、好きだ。ときどき和食レストランへ行く。だが、疲れているんじゃないか？」

「疲れていないです。作らせてください。六週間食べていないので、食べたくて」

「では頼む。食材は頼めば届けてもらえるから、キッチンでなにが必要か確認してもらえるか？」

「はいっ、先に行っててもらえますか？　靴を履き替えてから行きます」

清志郎さんは「わかった」とうなずいて部屋から出ていった。

ピンヒールを端に置き、キャリーケースの鍵を開ける。ストラップのサンダルを取り出して履いてからキッチンへ向かった。


食材や調味料を頼んで一時間後、チャイムが鳴り届けられた。

ご飯はその間にセットして、今炊いている最中だ。

メニューは肉じゃがと煮魚、和風ドレッシングの野菜サラダにした。どれも料理教室に通い習ったもので、レシピを見なくても作れる。

肉じゃがにはしらたきが欲しかったが、見つからなかったとのことで、じゃがいも、ニンジン、玉ねぎ、牛肉で作る。使う調味料はこの家になかったので、醤油、みりん、酒、顆粒だしを買ってきてもらった。

私がキッチンに立っている間、清志郎さんは「自由に使って」と言って書斎で仕事をしている。

この家は少し高台にあるので、大きな窓から庭のずっと先にあるヨットハーバーが見え、素敵な景色が広がっている。

「すごいロケーション……」

夕暮れで色が変わる空や、暗くなったヨットハーバーの明かりを見ているとリゾート気分になる。

ここに住んだら毎日この景観を見られて楽しいかもしれない。

こんな環境では日本に帰らないのも無理はないかな……。

ダイニングテーブルもミルクホワイトのカントリー風で、引き出しにあったベージュのプレースメントマットを敷き、箸をセットする。割り箸が数膳あって助かった。

肉じゃがと煮魚、和風ドレッシングの野菜サラダをそれぞれ並べてから、書斎と思われるドアをノックした。

「食事ができました」

ドアから声をかけると「すぐ行く」と言われてその場を離れる。

キッチンに戻り、ご飯と豆腐のお味噌汁をよそっていると清志郎さんが現れた。

書斎に入るまではブラックフォーマル姿だったが、シャワーを浴びたのだろう。今は白いTシャツにグレーのチノパンに着替えている。

ごく普通のラフな私服なのに、袖から出ている腕は綺麗に筋肉がついていて、見慣れない男っぽさに慌てて目を逸らす。

あの腕に助けられたんだ……と思うとドキドキしてくる。

席に着く清志郎さんの前にご飯とお味噌汁を置く。ここにはお椀がなかったので、大きめのカップで代用した。

「ありがとう。おいしそうだ。いただきます」

「お口に合うかわかりませんが……」

対面に座って両手を合わせて「いただきます」と言う。

フィニッシングスクールではしなかったが、和食を前にして長年身についたことは無意識に出てくるようだ。

清志郎さんはお味噌汁をひと口飲んで「おいしいよ」と言ってくれる。

「よかったです。日本の食材は簡単に手に入るんですね」

「ああ。寿司店が多いが、ほかにもあるからじゃないだろうか」

そう言って、肉じゃがを口に運んでいる。

アフタヌーンティーを食べたのは八時間も前のことなので、おなかが空いている。

食事中は話をしないとか、清志郎さんの好みがわからないので黙って食べることにした。

「はぁ〜」

ベッドに座って深いため息をつく。

食べ終わって汚れた皿を食洗器にかけてから、二階のゲストルームに上がってきた。

清志郎さんはダイニングテーブルから皿をキッチンに運び、食洗器の使い方を教えてくれた。

片付けが終わると彼は『疲れただろう。おやすみ』とそっけなく言って、書斎の方へ行ってしまった。

「たしかに疲れているけど、ルールみたいなものを聞きたかったな」

彼に気を使って黙ったまま食事を終えてしまったけれど、出社時間や何時に帰宅するとか、会社は近いのかとか、食べ物の好き嫌いも食事中に聞けばよかった。

アフタヌーンティーパーティーからここへ来るまでで少し近づけたかなと思っていたのに、また遠い存在になってしまったみたいに思える。

でも、私を妻にするって言葉にしてくれた。

嫌々かもしれないけれど、これで私の初恋は実る。

でもこの先は……？

結婚生活についていろいろと考え始めてしまったので、気持ちを切り替えようと頭を大きく左右に振る。

今は考えても仕方ない。清志郎さんの近くにいるんだから、進歩したのだと思わなければ。

そう自分に言い聞かせ、荷物整理は明日にしてお風呂に入って寝ることにした。

疲れた体を奮い立たせて、バスルームへ歩を進める。

窓が大きく、明かりのついたヨットハーバーが見える。バスタブに身を沈めると、無数の星が夜空に輝きを添えていた。

「なんて贅沢な家なの……」

夜空を見ながらのんびり湯に浸かっていると、バカンス気分だ。

清花おばあ様の期待している曾孫の件は、もう少し清志郎さんに近づけてから考えよう。

翌朝、早く目が覚めてしまい、景色を楽しもうとバルコニーに出る。

今日はスマホが直るか見てもらいに行かなきゃ。常に持ち歩いて見ているタイプではないが、日本への連絡ツールとして必要だ。

清々しい空気を大きく吸ったとき、水の音が足もとの方で聞こえてきて手すりを掴んで下を見る。

「あ……」

清志郎さんが美しいフォームのクロールで泳いでいた。

なんてなめらかに泳ぐの？

そういえば、朝出社前に泳いでいると言っていたっけ。

日曜日も日課で早朝から泳ぐのかもしれないけれど、もしかしたら出社もありえる。

バルコニーから部屋に戻り、そのまま洗面所へ行き洗顔と歯磨きをし終わると、水色のTシャツと綿の白いスカートに着替えて部屋を出た。

キッチンへ入り朝食の準備をしようとしたところで、足が止まる。

もしかしたら朝食を食べない人かもしれない。聞いてこよう。

キッチンを離れてリビングの窓からプールに近づく。

清志郎さんはプールから出て、濡れた顔から髪の滴《しずく》を取るように両手で拭う。

引きしまった上半身裸を目にして、ドクンと鼓動を跳ねらせ慌ててうしろを向く。

「おはよう。どうした？」

おもしろがる声が背後から聞こえてくる。

「ちょ、朝食を食べるか、き、聞きに」

「いつもはコーヒーだけだ」

「それでは運動もしていますし、よくないかと……」

背を向けたままで言うと、清志郎さんの「クックックッ」と押し殺した笑いに、羞恥心で頬に熱が集まってくる。

「では、なにか作ってくれるか？」

「わかりましたっ」

うなずいて一目散にその場を離れた。

初心《うぶ》すぎる反応をしてしまい朝食の席で顔を合わすのが恥ずかしかったが、平常心をかき集めてテーブルに着く。

目玉焼きとベーコン、サラダを作り、バゲットがあったのでカットして焼いた。

清志郎さんはホットコーヒーで、私はアイスミルクティーにした。

「今日は街を案内する。少し仕事があるから十一時に出ようか」

「いいんですか？」

「ああ。ひと通り案内しておけば、次にひとりで出かけたとき土地勘が違うだろう」

私のことを考えてくれていたのがうれしくて頬が緩んでくる。

「ありがとうございます」

顔を見られないように、グラスを手にした。


部屋に戻り、キャリーケースの中身を出して荷物整理をする。

十一時に出ると言っていたので、まだ二時間ある。

窓を全開にしてキャリーケースから荷物を出して整理していると、心地よい風がそよそよと入ってきて手を止める。

日本と違って湿度が低いから過ごしやすそう。

そうだ、スマホ！

昨日電源がつかなくなってからバッグに入れたままにしていた。

もしかしたら……。

もう一度電源を押してみる。

「あ！」

ホーム画面が出て思わず声が出る。

「よかった～ついたわ！」

メッセージアプリをタップして、母にカンヌへ移動して清志郎さんの家に着いていると知らせる。

バルコニーからのヨットハーバーの景色も写真に撮ってみると、カメラ機能も問題なさそうだ。その写真とフィニッシングスクールでの写真も選び、母に送る。

清花おばあ様にも、丁寧な文章で同じような内容と写真を送信した。

曾孫を期待されても私だけではどうにもならない。十八歳のとき、子どもだと言われていたから……。もちろん子どもだったけれど、あれから四年経っているんだし、清志郎さんに大人になったと思ってもらえたら清花おばあ様の望みに一歩前進する？

別々の寝室はのんびりできると思って安堵していたけれど、清花おばあ様へメッセージを打ったら、急にプレッシャーが押し寄せてきた。

結婚後、一年経っても妊娠しなかったら別れなくてはならない。

もちろん健康状態はいいが、授かりものだし、うまくいかないことだってある。もしそのときがきたら私はどうなってしまうのだろう。清志郎さんは私が相手で本当にいいのだろうか……。

一瞬考え込み、ハッとして準備に戻る。

洗面所へメイク道具を持っていき、急いで顔のパッティングから始め、フィニッシングスクールで教えてもらったメイクをすることにする。

コンシーラーできちんと陰影をつけてからファンデーションを塗り、ブラックのアイライナーで目をキリッとさせる。

普段とは違うメイクだが、これで大人っぽく見える。

服は……これにしよう。白のノースリーブのシャツに黒のワイドパンツ、黒のロングジレのコーディネートだ。

黒のパンプスを履いて時計を見ると、十時五十五分だった。

卒業祝いに清志郎さんが贈ってくれたハイブランドのチェーンバッグを持って部屋を出る。

二階の廊下から見えるお客様をもてなすフロアのソファに、清志郎さんが座っているのが目に入り、急いで階段を下りてスマホを見ている彼のもとへ行く。

「お待たせしてすみません」

清志郎さんはスマホから顔を上げる。次の瞬間、涼やかな目が大きくなった。

大人っぽくなったって驚いている？

しかし、彼はそのことには触れずに立ち上がり、スマホをライトブルーのサマージャケットのポケットにしまう。

スリムジーンズをはいていて、脚の長さが際立っている。足もとは白のデッキシューズだ。

「行こうか」

「はい」

普段なら元気よく『はいっ』と口にするところだが、〝大人っぽく〟が念頭にあるので小さく微笑みを浮かべた。

玄関を出て、ガレージに止められているホワイトパールの高級外車に乗車した。

昨日も緊張したが、今日もふたりきりで車に乗ることに慣れずにドキドキしている。

それでも表情を変えないように努める。

車が動き出し、景色を見ているうちにビーチと並行しているクロワゼット通りに出た。高級ホテルやブティックばかりのおしゃれな場所だ。

カンヌ映画祭の会場があるメインストリートだと、清志郎さんが教えてくれる。

「ここは大きく分けて三つのエリアがあって、ひとつはここ、高級ブティックやレストラン、ホテルが建ち並んでいるクロワゼット通り。ふたつ目は旧市街地。マルシェや個性的なカフェがある。高台のノートルダム・ド・エスペランス教会からはカンヌの街を一望できる。それとアンティーブ通りだ。ショップが建ち並んでいる。雑貨などが売っているから楽しいと思う」

たしか清志郎さんの会社のウェブサイトに載っていた所在地は、クロワゼット通りとあった気がする。

実家が裕福なだけでは、とてもじゃないがカンヌに住むなんて無理だろう。

私の婚約者はすごい人なのだとつくづく思う。

そんなことを考えていると、清志郎さんはクロワゼット通りからヨットハーバーのパーキングスペースに車を止めた。

「ランチにしよう。それから君の行きたいところへ連れていく。あ、スマホを見てもらうんだったよな？」

「それが、さっき試しに電源を入れたらついたんです。写真がもう見られないかもと覚悟していたのでうれしくて……」

「よかったな。だが、不具合が出てくるかもしれないから買い替えた方がいいかもしれない。どちらにしても行った方がいい」

車から降りた清志郎さんは、少し先にあるビーチに面したテラス席も併設したおしゃれなレストランへ私を案内する。

ビーチのテーブルは白いパラソルがあり、泳いだ人が水着のまま食事できるようになっているようだ。

私たちのテーブルはテラス席で、オーニングと呼ばれる布製の可動式屋根で日差しは遮られているが、海風が入り気持ちいい。

「ここは地中海料理の店でシーフードがおいしいよ。それ以外の料理もある。好きなのを頼むといい」

メニュー表を差し出されて受け取る。

「シーフードは大好きです。失敗しないように選んでいただいてもいいですか？　大抵のものは食べられます」

「わかった。飲み物は？」

「……オレンジジュースでお願いします」

清志郎さんはざっとメニューを見て、店員を呼ぶ。

流暢なフランス語で対等に話している姿に尊敬の眼差《まなざ》しを向けていたが、店員がいなくなると視線を逸らした。

なにを話せばいいのかわからなくて困惑する。

フィニッシングスクールで会話術を習ったが、男女の設定じゃなくてビジネスやパーティーのシチュエーションだった。

ビジネスシーンより今みたいなときの会話術を教わりたかった。

視線を泳がせていると、清志郎さんが口を開く。

「今日の君はいつもと雰囲気が違う」

大人っぽくしたことに気づいてもらえた？

「もう二十二の大人ですから、十八のときとは変わっています」

そう言った直後、清志郎さんは笑いを噛み殺すような表情になる。

「なにか……変でしょうか？」

コンパクトミラーで確認しようと、背もたれと自分との間に置いたバッグに手を伸ばす。

「いや……すまない。女性にこんなことを言うのは失礼だが、その姿は君には合わない」

「え？」

あ、合わない……？

困惑していると、対面に座る清志郎さんはこちらの方に身を寄せる。

「無理やり年を取らせたようなメイクは綺麗な肌にもったいない」

「綺麗な肌……？」

「ああ。透明感があって美しい」

真面目な顔で清志郎さんはうなずく。

肌を褒められてうれしいが、複雑な気持ちだ。

「で、でも大人なので、それなりのメイクをした方がいいかと」

「昨日はそんなメイクじゃなかっただろう？　急に変わったのはどうしてなんだ？」

そんな質問に答えられないわ。

そこへ丸みを帯びたグラスに入ったオレンジジュースと、レモンのスライスとミントが入った透明の液体のグラスが運ばれてきて、とりあえず答えずに済みそうだ。

オレンジジュースは私で、レモンのスライスの方は清志郎さんだ。

「こっちがいい？　ただの炭酸水だが」

「いいえ、私がオーダーしたものなので。いただきます。清志郎さんもどうぞ飲んでください」

ストローでひと口飲むと、爽やかな酸味とほどよい甘さが口の中に広がる。

「で、答えてくれないのか？」

話題を変えようと思っていたのに……。

「……清志郎さんにふさわしい大人の女性になろうと」

「俺にふさわしい……か。もう結婚は決まっているんだから、そんな些細なこと気にしないでいいんじゃないか？」

彼にとっては些細なことなのだろうけれど……。作戦は清志郎さんにまったく響かず、心の中でため息を漏らす。

「今の君よりも十八の君の方がずっと大人びていた」

「清志郎さんは子どもだと言いました」

「覚えている」

「……もうこの話は終わりにしましょう」

彼はふっと笑みを漏らし、グラスに口をつける。

どうして笑うの……？

喉仏が動く様をジッと見てしまい、目を逸らせなくなった。

「お待たせいたしました」

店員が料理を運んできて、ようやく清志郎さんから視線を離せた。

エビとタコのサラダにライムが添えられている料理や、トリュフソースのニョッキや大きなエビのグリルがテーブルに並ぶ。

「どれもおいしそうです」

清志郎さんが皿に取り分けてくれて食べ始める。

荘厳な雰囲気のフィニッシングスクールは、森のそばでレマン湖が近くにあっても明るく思えなかったが、この場所は真夏の日差しが降り注ぎ、いるだけで気持ちが浮き立ってくる。

海を眺めながら食事をするなんてバカンスみたいで、最高のシチュエーションだ。でも、清志郎さんの家の方がもっと素晴らしいと思う。

結婚したら彼は日本に戻るのだろうか。

食事後、スマホを選びに向かう。レストランから徒歩で行ける距離に大型の店舗があり、そこで最新機種を選んだ。

薄いパープル色に決めて、クレジットカードを出したところで清志郎さんに止められる。

「俺が払う」

「私のものなので、自分で払います」

「俺がまだ使えるのに勧めたんだ。遠慮などしないで婚約者に払ってもらえばいいじゃないか」

そう言ってスタッフにブラックカードを渡してしまった。

支払いを済ませ、購入したスマホが入ったショッパーバッグを彼が持ってくれる。

それから清志郎さんは「行きたいところがある」と言って、近くの最高級ホテルへ入っていく。

彼は周りの店舗を見ずに歩を進めるが、私はキョロキョロといくつものきらびやかなハイブランドの店舗を見てしまう。

彼は『ジルベルド』という宝飾店の前で立ち止まった。

ジルベルドは銀座《ぎんざ》の老舗宝飾店で、美しいデザインが世界中のセレブを魅了しているとファッション誌で読んだことがある。

現在は世界中の主要都市や国際空港などに店舗があるので知っているが、私なんかが手に入れられる宝飾はないので入店したことがない。

清志郎さんは私に振り返り口を開く。

「エンゲージリングを贈るよ」

びっくりしつつ、清花おばあ様の言葉を思い出す。

「以前清花おばあ様が、所有する宝石を直してエンゲージリングを作ってくださると……」

「祖母がそんなことを？　それでは間に合わないし、すでにデザインを頼んである」

「間に合わないって？」

清志郎さんは私の質問には答えずに、入口に立っているボディガードに名前をフランス語で告げる。

ボディガードは私たちを通し、すぐに三十代後半と思われる美しい日本人女性が現れた。

「東妻様、いらっしゃいませ。お待ち申し上げておりました。私はカンヌ支店のマネージャーをしております君津《きみつ》と申します。どうぞこちらへ」

マネージャーは清志郎さんにビジネスカードを手渡し、フロアの奥のドアへ案内する。

そこはクラシカルな雰囲気で重厚な趣のある部屋だった。

真紅のビロードのソファに清志郎さんと並んで腰を下ろすと、彼女も対面に座る。

すぐに、アイスコーヒーとおしゃれなペットボトルに入ったミネラルウォーターの二種類の飲み物がそれぞれ私たちの前に置かれた。

「結城《ゆうき》がお会いできずに残念だと申しておりました。くれぐれもよろしくと」

「ええ。半月ほど北海道《ほっかいどう》の奥様の実家へ行くと聞いています。多忙な瑛斗《あきと》さんにデザインしていただけて感謝しています」

清志郎さんは結城さんという方と知り合いのようだ。

「とんでもございません。ジルベルドをお選びくださり、こちらこそありがとうございます」

ふたりの会話を聞いているうちに、別の外国人女性スタッフがロイヤルブルーのベルベッドの台座にのったエンゲージリングを運んできた。

プラチナのリングにキラキラ輝くダイヤモンド、花のモチーフの美しいエンゲージリングに目を見張る。

「ご婚約者様、どうぞ左手をお出しください。東妻様が結城に依頼された一点もののエンゲージリングです」

君津マネージャーに手を差し出され、おそるおそる手を出す。

「サイズは祖母から聞いているが、どうだろうか?」

エンゲージリングはスッと薬指に通り、ピッタリと収まる。間近で見て眩い輝きを放つダイヤモンドに息をのむ。

清志郎さんがエンゲージリングを頼んでいたことに驚きを隠せない。

「……ジャストサイズです」

「よかった。気に入ったか？」

「はい。素晴らしすぎて……私の指に似合うか……」

そう言うと、清志郎さんは「そんなことない」と言ってくれる。

「ご婚約者様の華奢な手によくお似合いですわ。日本のサイズで七号になります」

「さすが瑛斗さんです。彼女にピッタリの指輪を作っていただきました。後でお礼のメッセージを送っておきます」

「お気に召していただけて結城も喜びます。では、チョーカーネックレスとピアスをお持ちいたします」

君津マネージャーはそばにいた女性スタッフにうなずき、彼女が奥の部屋から平たいベルベットの箱をふたつ大事そうに持って戻ってくる。

「こちらもエンゲージリングに合わせたデザインでございます」

彼女が大きい方の箱を開いた瞬間、あぜんとなる。

「いいですね。ゴージャスなのに可憐な一面も感じられるデザインで、素敵なチョーカーネックレスだ」

清志郎さんが満足げに口もとを緩ませる。

中にあったネックレスには、エンゲージリングと同じ花のモチーフのダイヤモンドがふんだんに使われている。おそらく東京で一軒家が購入できるくらい高いものではないだろうか。

「清志郎さん、これを私に……？」

「もちろんだ。身に着けるのは蘭しかいない」

「でもこれは……」

日本人の君津マネージャーがいるので、内輪の話をするのはためらわれた。

「非常に高価ですから気後れなさっているのですね？　こちらのチョーカーネックレスであれば、どんな格式高いパーティーでも自信を持ってお使いになれますわ」

清志郎さんももっともだというようにうなずく。

ピアスも同じ花のデザインで、頬の辺りで揺れるとダイヤモンドが眩くキラキラしている。

「こちらも気に入りました。支払いをお願いします。エンゲージリングだけつけて帰ります。あとは自宅に届けてください」

君津マネージャーはにっこりと満面の笑みで「かしこまりました」と頭を下げた。

オーダーしていたとはいえ、とてつもなく高価なものを躊躇なく購入することに驚きを隠せない。

車に戻りながら、私のためにひと財産をあっけなく使わせてしまったことに困惑していた。

私は喜ばれていない婚約者なのに……。

それにあのチョーカーネックレスを身に着ける機会なんてあるの？　十一月の結婚式のため？

ホテルの目の前にあるヨットハーバー近くのパーキングに止めていた車に到着して、清志郎さんが助手席のドアを開けて私を促す。

運転席に座った彼はエンジンをかけてから、サングラスをかける。

「ショッピングモールへ行くが、買いたいものは？」

「水着を。あ、探している間お茶でもしていてください」

女性物の水着ショップには興味がないだろう。選ぶところにいられても恥ずかしいし。

「わかった。俺も用事があるから済んだらそこへ行く」

そう言って車をパーキングから出して、ショッピングモールへ向かった。

目的地に着き、ひとりになって水着を探す。

今日本ではビキニでもショーツがハイウエストのものが多いのに、ここにあるのはきわどい形ばかりで目が泳ぐ。

どうしよう……。

セパレートの水着はデザインが好みじゃないし、サイズがどれも大きい。

このまま悩んでいても清志郎さんを待たせてしまうし……。

考えた末、露出度の少なそうなシンプルな白いビキニに決める。

会計を済ませようとしたところで、ひとり用のフロートが目に入った。カラフルな色がいくつかある。

泳ぐのが目的だけれど、水の上でプカプカ浮いてのんびりするのも楽しそうだ。

ブルーのフロートも購入して、ショッパーバッグを手にショップを出たところに清志郎さんがいた。

「お待たせしてすみません」

「いや、貸して」

持っているショッパーバッグの方へ清志郎さんの手が差し出される。

「重くないですし。平気です」

「ここは日本じゃない。女性に荷物を持たせて男が手ぶらなのは体裁が悪い。ほら」

「ありがとうございます」

ショッパーバッグを渡す。

今どき、そんなこともないはずだと思いながらも、彼は育ちがいいからマナーを守りたいのだろう。

自分がか弱い女性みたいに庇護されている感じで、照れくさいけれど本物の恋人同士みたいでうれしい気持ちは否めない。

十五分後、清志郎さんの自宅ガレージに到着した。

時刻は十五時三十分を回ったところだ。

降りて玄関の前へ歩を進めたとき、清志郎さんに呼び止められ鍵が差し出された。

「家の鍵だ。さっき作ってもらった。ないと不便だろう」

「あ……ありがとうございます。作ってもらったって、普通はスペアがあるのでは？あ！　彼女が持って……いる……とか……」

清志郎さんの恋人の存在を詮索するわけではなかったが、いや、気にはなっていたから思わず言ってしまい、最後の方は尻すぼみになる。

詮索してしまい彼を怒らせてしまったかと考えて謝ろうとしたとき、清志郎さんはふっと口もとを緩ませ、自分の鍵でロックを解除して私を中へ促した。

またただ。どういう意味なんだろう……？


意味がわからないまま、リビングへ向かう清志郎さんの後をついていく。

ソファの上にショッパーバッグが置かれる。

「スマホのデータ移行は自分でできる？」

「やったことはなくて……」

「貸して」

ソファに座った清志郎さんは、速やかに作業してセットアップまで完了してくれた。

「あの、スマホも、それにエンゲージリングやチョーカーネックレスやピアスも……ありがとうございました」

「エンゲージリングを贈るのは当然だし、チョーカーネックレスはパーティーに出席する際に必要だから礼には及ばない。今月の終わりにロンドンでパーティーがある。そこで着けるといい」

清志郎さんはそっけなく言ってソファから立ち上がる。

「ロンドンで……？」

「ああ。日程が決まったら知らせる。少し仕事をしてくるよ。夕食は外で食べよう」

「よかったらなにか作ります。出かけるのは面倒じゃないですか？」

「……君に料理をしてもらおうと思っているわけじゃないよ。週末はハウスキーパーが休みだからほとんど外食で済ませているんだ。出かけるのは億劫《おっくう》でもない」

外食は清志郎さんの今までの生活であたり前なのだろう。でも、私は素敵な家でゆっくりしている方がずっと好きだ。

「材料があるので作らせてください」

「わかった。じゃあ、できたら声をかけて」

「はい」

清志郎さんは書斎に向かい、私はキッチンへ行って材料を確かめる。

昨日カレールーも頼んでおいたので、野菜や肉などの材料でカレーライスが作れる。

「あとは……サラダにしよう」

まだ夕食まで時間はあるが、先に作ってお風呂に入ろう。バスタブに浸かりながらまだ明るい景色が見られるのは、至福の時に違いない。

「んー、いい気持ち」

バスタブに浸かり目を閉じると、鍵を受け取ったときのことが思い出される。

失言したのに、清志郎さんはなぜか楽しそうに見えた。

「もしかしたら、恋人のことを思い出したからかな……」

胸がツキッと痛む。

私と結婚した後も、恋人とは続いているかもしれない。それはそうよね……富も名声もルックスもごく一部の選ばれた人しかもてないものをすべて清志郎さんは兼ね備えているのだから、恋人だったら妻がいても別れたくないだろうと思う。

私は子どもを産むだけの妻なのだ。一年以内に妊娠しないと、簡単にお払い箱になる。

清志郎さんに愛されなければ、ハンコひとつで彼のもとを去る立場なのだ。

「はぁ～」

存在感のあるエンゲージリングはお風呂には邪魔になり外そうと思っていたが、うっかり忘れて薬指で輝いている。

本当に愛されていれば素敵なリングに心躍るはずだけれど、そうはなっていない。

彼は妻として必要なものを買い与えているだけなのだ。

スッピンでシャーベットオレンジ色のサンドレスを着て、キッチンへ向かう。

カレーを温め、冷蔵庫からグリーンサラダを出す。皿ごとキンキンに冷えておいしそうだ。

テーブルにセッティングしてから書斎にいる清志郎さんを呼びに行こうとしたら、彼が現れた。

ライトブルーのジャケットを脱いだだけなので、ずっと仕事をしていたのだろう。

「ご飯ができました」

「ありがとう。カレーの食欲をそそる匂いが書斎まで漂ってきた。ワインでも飲もうか？」

「お任せします」

清志郎さんはリビングの隅にあるワインセラーから赤ワインを選んだ。

着席すると、彼は慣れた手つきでコルクを抜きワイングラスに注ぐ。

「アルコールを飲んだ後に絶対にプールに入ってはだめだからな」

「わかっています」

弱いので二杯も飲めば動くのも億劫になる。

飲んでなにも考えずに寝ればいいのだ。いろいろ考えたら眠れなくなるから。

「いただきます」

ワイングラスを口に運ぶ。私好みの甘めのワインではないが飲みやすい。フィニッシングスクールで学んだので、ラベルからボルドーワインで金賞を受賞した銘柄のものだとわかる。

今日のカレーはビーフなので赤ワインが合い、シーフードカレーはお肉よりはさっぱりした味わいだから、タンニンの多い赤ワインよりも爽やかな白ワインの方が合う。

立派なワインセラーもあるし、彼はワインにも精通していそうだ。

清志郎さんも赤ワインを喉に流し込んでから食べ始めた。

「……明日は月曜日ですし、お仕事へ行かれるんですよね？」

「ああ。自由に過ごしてくれてかまわないから。街へ行くときはタクシーを呼ぶといい」

「はい」

ひとりきりでやることもないが、プールや外出だけでも毎日有意義に過ごせそうだ。フランス語も勉強しようと思っている。

「ハウスキーパーは月・水・金で掃除後料理を頼んでいる。明日からふたり分と言ってある。献立の内容はカトリーヌと相談してもらってかまわないよ」

「はい。そうさせていただきます」

料理上手なハウスキーパーさんのようだ。調理の様子も見て、できれば手伝わせてもらいたいな。

「あ、書斎だけは入らないようにしてもらっているから、掃除が怠慢だと思わなくていい」

「わかりました」

ふいに清志郎さんが持っていたワイングラスをテーブルに置いて、私を見つめる。

「どうした？　静かじゃないか。ホームシックになった？」

いるかもしれない恋人の存在が邪魔をして気持ちが暗くなっているが、まさか彼が気にかけてくれるとは思ってもみなかった。

「……そうかもしれません。あ、気にしないでください。明日からプールに入ったり街へ出かけたりして楽しませていただきます」

探るような視線から逃れるように、カレーライスをスプーンですくって口に入れた。

四、課せられた約束

翌朝、バルコニーに出てみると、清志郎さんがプールで泳いでいた。

白い手すりに寄りかかり、なめらかなクロールで泳ぐ姿を眺める。

両手を上げて伸びをしたいくらいに今日もいい天気だ。

清志郎さんは日本にいたらこんなふうにのびのびと暮らせないだろう。日本だったら、家にプールはないし、毎朝ゆったりとした時間を過ごせず慌ただしく出勤するイメージだ。

ここへ来てまだ三日なのに、私でもずっと住んでいたいと思う。

それには……妊娠……。

思い出してしまい、肩をガクッと落として部屋に戻る。

部屋着から白いブラウスとベビーピンクのスカートに着替えてキッチンへ行き、朝食を作り始める。

ベーコンエッグとウインナー、サラダを盛りつける。

ハウスキーパーさんが買い物をしてお料理をしてくれると言っていたけれど、マルシェへ行って果物を買ってこよう。

朝食をテーブルに運んだとき、清志郎さんが二階から下りてきた。涼しげな麻のベージュのスーツを着ているが、漆黒の髪はまだ少し濡れていて、朝なのに男の色気にあてられそうだ。

「……おはよう。あと三十分でカトリーヌが来る。紹介してから出掛ける」

「おはようございます」

彼は席に着き、「いただきます」と言ってコーヒーを飲む。

「わかりました。ハウスキーパーさんは九時から何時まででしょうか?」

「十五時までだ。彼女のランチは夕食を作るついでにキッチンで食べている。君の分も作ってくれるはずだ」

仲よくなって一緒にランチができればいいな。

九時になろうとしたとき、チャイムが鳴り清志郎さんが玄関へ向かう。私もついていき、清志郎さんがドアを開けるまでもなくハウスキーパーさんが現れた。

スペアキーで出入りしているのだろう。

手に持っていた大きなショッピングバッグを置いて「セイシロウ!」と抱きつく。

ブロンドの三十代くらいの女性だ。外国人の挨拶だと思えば仕方ないことなのだろう。でも、私が思うハウスキーパーのイメージより若そうな女性に、嫉妬心が湧き上がる。

清志郎さんはやんわりと抱きつく彼女を引き離す。

彼女はうれしそうにフランス語で彼になにかを話している。

「カトリーヌ、フィアンセはフランス語ができないから英語で話してくれないか」

「わかったわ。車があったからうれしくて」

清志郎さんににっこり笑ってから私の方へ向き直る彼女は、ミスユニバースに出場できそうなくらい美しくて息をのむ。

想像していた人と百八十度違う……こんな綺麗な人がハウスキーパーさん？

「フィアンセのランだ。蘭、ハウスキーパーのカトリーヌ」

彼女は笑顔で私に挨拶する。

「カトリーヌ、今日からランと相談して食事や掃除を頼む。彼女の言うことは俺の言葉だと思って聞いてくれ」

「わかりました。ボス」

急につまらなそうな表情になった彼女は、ショッピングバッグを持ってその場を離れる。

「いってくる。なにかあればメッセージを送ってくれ」

「はい。いってらっしゃいませ」

清志郎さんを見送り玄関の鍵をかけ、カトリーヌさんの姿を捜す。

彼女は冷蔵庫に食材をしまっており、ちょうど終わったところだ。乱暴な音を立てているのが気になる。

「カトリーヌさん、よろしくお願いします」

「あなたはいくつなの？」

「え？」

なぜ年を尋ねるのかわからないが、「二十二歳です」と答える。

「子どもみたいな女性が彼のフィアンセだなんて驚きね。さてと、掃除をするわ」

なぜそんなことを言うのか困惑する。

彼女の態度や言葉に敵意を感じる。

キッチンを出ていこうとしていた彼女は立ち止まって振り返る。ブロンドの髪は胸の辺りまであって波打っている。

ブルーの切れ長の二重に、官能的な唇。カンヌの日差しのせいなのか、そばかすがある。

「カトリーヌさん、二階のゲストルームは掃除しないでいいです」

「あら、もしかしてあなたはゲストルームを使っているの？」

〝あなたは〟を強調されたような気がする。

余計な詮索はしないでほしいと言おうと思ったが、カトリーヌさんは肩をすくめてキッチンから出ていった。

もしかして……彼女が……清志郎さんの恋人？

親しげに抱きついていたし、婚約者の私に向ける態度を考えるとそうなのかもしれない。

取りつく島もなくて、これでは夕食の相談もできない。

想像していたハウスキーパーはおおらかな年配の女性で、そんな人とランチを一緒に食べられるかもと思っていたのに。

自室に戻り、出かける準備をする。清志郎さんはタクシーを呼んでと言っていたけれど、昨日スマホのアプリで地図を確認してみたら、マルシェまでは歩いても三十分くらいだ。

スカートからジーンズにはき替えてスニーカーに足を入れる。

エンゲージリングは……はめていない方がよさそうだ。

ビロードの台座にしまい引き出しに入れた。

ショッピングバッグは持っていないが、どこかに売っているだろう。大学からずっと使っている革のショルダーバッグを肩から提げて階下へ下りる。

カトリーヌさんはリビングの床をモップで掃除していた。

「出かけてきます」

声をかけるも彼女は顔を見ただけでモップを動かす手は止めず、うしろを向いてしまう。

留守の間、彼女だけになるので不安になる。でもそれは私がハウスキーパーのいる生活に慣れていないだけ。

清志郎さんは、不在中でも彼女に掃除や料理を頼めるほど信頼しているのだから。

そうなるとふたりの関係は……考えるのはやめよう。カトリーヌさんに会ってからずっとそのことばかりだ。

玄関に鍵をかけてふとガレージの方を見ると、赤い小型車が止まっていた。カトリーヌさんのだろう。

緩やかな坂を下っていく。行きはいいが戻ってくるときは荷物を持っていたらけっこう大変かも。

でも、運動だと思えばいい。

街並みを楽しみながらマルシェに向かった。


マルシェの入口は赤茶色の壁でアーチ形になっていて、南仏らしくすぐわかった。

スマホをショルダーバッグから出して写真を撮る。

家に戻ったら母や清花おばあ様に送ろう。

屋内にたくさんの店が並び活気があって、地元や観光客の客で賑わっている。

骨董市も開かれていて、見ていて楽しい。

スープや多種多様な料理を提供している店もあり、まだ十時を回ったところなのに、おいしそうな匂いにおなかが鳴りそうだ。

数多くのフルーツやチーズがたくさん置かれている。オリーブもおいしそう。

ブラブラとマルシェの中を歩き回り、店主に呼び止められて試食を差し出される。

また後で来るからそのとき試食させてくださいと断って歩き回った。

試食してしまったら買わなくては申し訳なく思うタイプなので、本当に買いたいと思ったとき以外は避けたい。

でも、食べた経験のないものをいただくのは知識が増えていくので、チャレンジしてみたい気持ちもある。

そんなことを思いながらマルシェの端から端まで歩き、買いたいものはだいたいリサーチできた。

今買うと荷物になるので、いったんマルシェを出て近くのお土産を売る店や香水店など目についた店を見ていく。

お土産店にはカンヌ映画祭に関するものもありおもしろい。

十三時を過ぎてマルシェに戻り、具だくさんのスープやチーズやハムを挟んだ小さめのバゲットを購入して、空いているベンチに座って食べる。

のんびりしていて楽しいが、ふとひとりで寂しくなる。

カトリーヌさんとなるべく会いたくないが、週三日こうして出歩くのもそのうち飽きてしまうだろう。食材を買ってすぐに帰りたくなるはずだ。

でも……彼女を気にしていたらなにも始まらない……私は清志郎さんの婚約者なのだから、彼女に遠慮することはない。

自分を叱咤激励し、パンッと手を叩いて立ち上がった。

その後、マルシェでチーズやオリーブ、フルーツを吟味していたら十五時になろうとしていた。

先ほど購入したイエロー系で素敵なプロヴァンス柄のショッピングバッグの中の荷物はずしっと肩にくる重みだが、歩いて帰ることにした。

家に着いたのは十五時三十分を過ぎていて、ガレージに赤い車はなかった。

鍵を開けて室内へ入り、まっすぐキッチンへ行く。

コンロの上に鍋があった。

作業台にショルダーバッグとショッピングバッグを置いてコンロに近づく。

蓋を開けてみると、チキンのトマト煮込みのような料理で、ローズマリーの香りが漂ってくる。おいしそう。カトリーヌさんはお料理が上手なようだ。

鍋に蓋をしてショッピングバッグから買ったものを冷蔵庫に入れる。

中にはタコのカルパッチョが大皿に綺麗に盛りつけられて置かれていた。ジャガイモのガレットもある。

ふいにどこかで「ブーブー」と振動音が聞こえてハッとなる。私のスマホだ。

急いでショルダーバッグからスマホを手にする。まだ呼び出しは続いていて、清志郎さんからだ。急いでタップして出る。

「蘭です」

《よかった。今どこに？》
安堵した様子の声色に首をかしげる。
清志郎さんは私が出かけるのを知っていたのに。
「家にいます。どうかしたんでしょうか……？」
《カトリーヌから、君が朝出ていって仕事が終わるまで戻ってこなかったと連絡があったんだ。彼女は今日の報告をしたかったらしい》
「ごめんなさい。その頃にいなくてはいけなかったんですね」
《いや、かまわないがひとりで出歩くのは初めてだろう？　なにかあったのかと心配になった》
心配してくれたのだと内心うれしいが、カトリーヌさんと清志郎さんの仲を疑っているので素直になれない。
「もう大人ですからなにかあっても対処できます」
《そうだな。大人だ》
今、大人って……私を大人として見てくれているの？
《十八時に戻る》
「はい」

通話が切れスマホを作業台の上に置き、チーズなどを冷蔵庫に入れた。

清志郎さんは電話で言った通り、十八時に帰宅した。

すぐに夕食が食べられるように鍋を温め、テーブルにカトリーヌさんが作ったカルパッチョとガレットをセッティングしておいた。

アルコールを飲むと言われたときのために、ハードタイプのチーズと中がトロリとしたチーズ、白カビで熟成させた牛の生ハムとオリーブのオードブルを用意している。

彼はワインセラーから昨日とは違うスペイン産の赤ワインを出してきたので、チキンのトマト煮込みをよそう前に、オードブルの皿を「どうぞ」と置く。

「これは？　カトリーヌが用意したんじゃないよな？」

「マルシェで買ってきました」

赤ワインをそれぞれのグラスに注いでいた清志郎さんが尋ねる。

「マルシェで買ってきました。見るものがすべて珍しくて。お口に合うといいのですが」

「おいしそうだ。盛りつけも素晴らしい」

フィニッシングスクールで教わったことが生かせ、褒められて口もとを緩ませる。

「いただくよ。そうだ。後で生活費のユーロを渡す」

「い、いらないです」

首を横に振って断るが、清志郎さんは「ふぅ」と言って私をまっすぐ漆黒の瞳で見つめる。

「いずれ結婚するんだ。俺が君を養うのに遠慮する必要はないんじゃないか？　買い物を続けていたらいずれは持ち金が底をつくはずだ」

「……わかりました。たしかにそうですね」

清志郎さんは満足げにうなずくと、ワイングラスを軽く掲げて口をつけた。

オードブルで赤ワインを楽しんでから、チキンのトマト煮込みを出す。

カトリーヌさんの料理は見た目も美しく、ハーブも上手に使っていてチキンのトマト煮込みは絶品だった。

「カトリーヌさんはお料理が上手なんですね」

「ああ。ハウスキーパーになる前はパリのレストランでシェフだった。こっちに病気の母親がいて戻ってきたんだ」

彼女に病気のお母さんが……。

感じが悪くても同情してしまう。

「あ、桃を買ってきたんです。まだ食べられますか？」

「いただくよ」

椅子を立ってキッチンへ行き、桃の皮をむいて切り、皿に盛りつけトレイに乗せて戻った。

久しぶりにたくさん歩いたので足がだるく、お風呂に入ってすぐにベッドに横になる。

時刻はまだ二十二時にもならない。

ふと真理や裕美と他愛もない話をしたくなったが、時差でまだ東京は明け方だ。

少しも眠くないが目を閉じると、清志郎さんとカトリーヌさんのことを思い出してしまい「はぁ」とため息が漏れる。

カトリーヌさんの態度を嫌うなんて、私はまだ子どもなのかな……。

シーンと静まり返っていたが、ふいに開けている窓から水の音が聞こえてきた。

体を起こしてバルコニーに出て下を見る。

私にはアルコールを飲んだら泳がないようにって言っていたのに。清志郎さんは私の何倍も飲んでいるのに。

私と彼とでは強さがまったく違うけれど、大丈夫なのだろうかと清志郎さんがプールから上がるまで見ていた。

翌日はカトリーヌさんが休みなので出かけずに、午前中にフランス語を勉強して、お昼ご飯はパスタを茹でて、昨日のチキンのトマト煮込みを使ってソースにして食べた。パスタソースにしてもおいしかった。

今夜はパプリカの肉詰めと中華サラダ、筑前煮を作るつもりだ。

昨日のマルシェでおいしそうなパプリカがあったので購入しておいた。

十五時すぎから夕食の下準備をしてから水着に着替え、フロートを膨らませてプールへ行く。

ビキニを着るのは初めてで、今まではセパレートの水着ばかりだった。

下着みたいで恥ずかしいが、ここには自分しかいないので気にせずにいられる。

驚いたことにプールは深くて、背伸びして顎をグッと上にすればギリギリ呼吸ができる。多少泳げるのでプールの深さは関係ない。

疲れるまで泳ぎ、その後フロートの上に寝そべる。

日差しが気持ちよくてウトウトしてしまいそうになり、顔を水の中に入れる。

それからプールを離れ、大判のタオルを体にかけてプールサイドのベッドに横になった。

「気持ちいい……」

生成りの布が張られたパラソルで日差しは遮られているが寒くない。

泳いだのでほどよい疲れに襲われ、睡魔には勝てずに瞼を閉じた。

小一時間昼寝をしてからもう少しプールで泳ぐことにした。

平泳ぎで手足を動かし数メートル行ったところで、右足のふくらはぎにギュンと締めつけられるような痛みが走った。

ど、どうしよう……いたっ。

足をつってしまい急いでプールサイドに向かおうとするが、痛みで思うように泳げない。

落ち着いて、このままじゃ溺れちゃう。

必死に足をマッサージするがそのせいで体が沈む。

慌てて顔を水面に出して息を吸うが、水の中にいるせいでつった足は治まらない。

そのとき――。

「蘭！」

パニックに陥った私の耳に清志郎さんの声が聞こえ、近くで水しぶきが上がった。

次の瞬間、私の体は持ち上げられ呼吸が楽になった。

「ゲホッ、ゲホ……」

清志郎さんは私をプールサイドまで連れていき、プールから持ち上げて出させられる。その後彼がプールから上がった。

咳き込みながらも清志郎さんのびしょ濡れのスーツに驚いた。

「大丈夫か？」

「は……は、い……、ゴホッ……足がつって……ど、どうして家に？」

清志郎さんは私の横に片膝をつき、右足をマッサージする。

「打ち合わせが早く終わったから戻ったんだ」

呼吸が楽になって口を開く。

「スーツが台なしに……すみません」

「スーツより命の方が大事だ。もう少し遅かったら君は死んでいたかもしれない」

厳しい視線を向けられて、ゾクリと背筋に寒気が走る。

「……死ぬなんて。つった足も治って泳げたはずです」

「過信しすぎるのは命取りだよ。まだここのプールにも慣れていないし、俺がついていればよかったと後悔している」

「そんなお気遣いしなくて大丈夫です。部屋に戻ります」

急に自分の姿が気になってここから去ろうと立ち上がるが、右のふくらはぎに痛みが走ってとっさに体が縮こまる。

「どうした？」

「ふくらはぎが少し痛いだけです」

そう口にした途端、体が宙に浮く。清志郎さんが私を抱き上げたのだ。

「あ、歩けますっ。下ろしてください」

「無理しない方がいい」

彼はシャワールームの方へ歩を進めるが、ビキニ姿が恥ずかしくてしかたない。

そうこうしているうちに、シャワールームに立たせられる。

清志郎さんは濡れたスーツが不快なのだろう。ジャケットを脱ぐとフックにかける。

「もう、大丈夫です」と言ったのだが、清志郎さんは私のふくらはぎに少し熱めのお湯をあて、ゆっくりなでるようにさする。

彼は少ししてから屈めていた体を起こして立ち上がり、シャワーを止めた。

「痛みは？」

「ないです……ありがとうございました」

「よかった。シャワーを浴びるといい」

「……はい」

出ていくかと思ったのに、清志郎さんは薄いピンク色のワイシャツの左右のカフスを取り脱ぎ始めて、綺麗に筋肉がついた上半身を露出させた。

見事な上半身を間近で見てしまい、心臓が大きく鳴るとともにビクッと肩が跳ねる。

彼はグレーのスラックスも脱ごうとしているので、慌てて背を向けると、清志郎さんの楽しそうな笑い声が聞こえてくる。

「襲うつもりじゃないから安心しろよ。このまま出たら床がびしょ濡れになるだろう？」

そうよね……襲おうと思ったらいつでも機会があったし……。

「着替えはこっちに持ってきているのか？」

「あ……いえ」

清志郎さんはいないし、バスタオルを巻いて部屋に戻ってから着替えようと思っていたのだ。

だが、仮に突然の訪問者があったらそのまま出ることになるわけで、もし父が知ったらだらしないと怒られるところだ。これではフィニッシングスクールに行ったかいもないと落ち込む。

「じゃあ、出たところに俺のシャツを置いておくからとりあえずそれを着て」

「すみません。ありがとうございます」

彼はシャワールームのドアを開けて出ていった。

ひとりになってビキニを脱ぎ、シャワーを浴びる。

未経験の私が誘惑なんてできるわけがないけれど、もしかしたらいい機会だったのではないかと後悔している。

私に魅力がないのだろう……。

シャワールームの鏡に映る自分の姿を見遣る。

胸は着やせして見えるが大きいと思うし、ウエストはキュッとくびれている。

将来のためにスタイルを保とうとずっと努力してきたが、清志郎さんには魅力的だと思ってもらえないようだ。

シャワールームを出て棚からバスタオルを出して体を拭く。

足踏みをしてみてもふくらはぎの痛みはほとんど感じられず、ホッと安堵する。

「俺のシャツって言ってたけど……どこに？」

ドレッシングルームを見回すと、白いワイシャツしかかけられていなかった。

「これを着るの……？」

素肌に清志郎さんのシャツを羽織り、ボタンをはめる。彼のシャツは私の太ももまである。

ナチュラルウッドの縁のある全身が映し出される鏡に映る自分は、清志郎さんのワイシャツを着ていることで色気が出たのではないかとちょっと思う。

そんなことを考えてふっと苦笑いを浮かべる。

さっさと部屋に戻って着替えよう。ショーツもはいていないので心許ない。

プールから取ってきてくれたようでそこに置いてあったミュールを履き、ドレッシングルームを出てキッチンを通る。

清志郎さんは自室のバスルームを使っているはずだから、鉢合わせることはない。

そう思っていたのに、玄関にある階段を足早に上ったところで清志郎さんの部屋のドアが開いて彼が現れ、飛び上がる。

Tシャツとビンテージもののジーンズは黒で統一され、近づいてくる清志郎さんは黒ヒョウみたいな雰囲気だ。

「驚きすぎじゃないか？」

「と、突然出てきたので。着替えたら夕食の支度をします」

彼から離れて自室に向かって一歩足を出したとき、手首が掴まれる。

「俺のワイシャツを着た蘭を見せてくれ」

「み、見せてくれって、見ているじゃないですか」

いつものそっけない清志郎さんではない。

ワイシャツ一枚しか着ていないから、胸のラインや頂《いただき》、そしてお尻は隠れている
が長さが気になって早く部屋に入りたい。

「俺よりもワイシャツが似合う」

私、からかわれているの？　こんな清志郎さんは初めて見る。

もう少し色気たっぷりだったら、清志郎さんも私を子ども扱いしなくなる……？

今、誘惑してみたら大人として魅力的に思ってくれるだろうか……？

こ、この際……誘惑してみる……？

そう思ったものの、やっぱり私には無理だ。

「……着替えたら夕食の準備します」

心臓が口から飛び出しそうだ。

「いや、今日は外食をしよう。足は大丈夫か？」

「は、はい。で、では」

カニ歩きみたいに横にずれて自室に入った。

ドアを閉めて、暴れる心臓を落ち着かせようと深呼吸を繰り返す。

誘惑したら嫌われるんじゃないかと思ったり、でもそれでは清花おばあ様の願いを叶えられないと思ったり。複雑な気持ちに襲われるが、結局のところそんな度胸はないのだ。

あ！　夕食の下準備は終わっていたんだった。てんぱっていたから外食の提案に『はい』って返事をしてしまった。……冷凍して明後日食べればいいか。


清志郎さんが連れていってくれたのは、日本人が経営する寿司店だった。

年配の日本人男性が握っておりそれほど広くはないが、店内の席はすべて埋まっている。

清志郎さんはカウンターの中でお寿司を握っている男性と親しく挨拶をして、西洋人女性スタッフにテーブルへ案内される。

先ほどの件でまだ清志郎さんの顔をまっすぐ見られない。

タクシーで来たのだが、後部座席に並んで座っても意識してしまってずっと窓の外を見ていた。

オーダーを済ませた清志郎さんが口を開く。

「来週の金曜にロンドンへ飛ぶ。その翌日、土曜の夜にロンドンに住む日本人経営者のパーティーに出席する」

「わかりました。服装はどういった感じがいいでしょうか？」

日本人のパーティーならドレスよりも豪華なワンピースといったところだろうかと尋ねる。

「イブニングドレスがいい。土曜に選びに行こう」

「フィニッシングスクール用に持ってきた一着がありますから必要ないです」

「遠慮しないでいいんだが？」

「遠慮ではなく、あるのでもったいないかなと」

そこへ冷えた日本酒が運ばれてきた。こちらで日本酒は人気があるらしい。周りを見れば、ほとんどのテーブルに三百ミリリットルの瓶が見える。

清志郎さんはふたつのおちょこに冷酒を注ぎ、ひとつを私の前へすべらす。

彼はおちょこを軽く掲げて冷酒を喉に通す。

「もったいないと思う必要はない。流行もあるし、これから何回もパーティーはある。毎回同じドレスでは笑いものになるだけだ。何着か購入したい」

持参したイブニングドレスは、今度のパーティーに沿わないかもしれない。

「……わかりました」

うなずいたとき、美しい皿に盛られた江戸前寿司がテーブルに置かれた。

翌日、清志郎さんが出かけた後、カトリーヌさんがやって来た。

「あら、いたのね。今日も外に逃げるのかしら？」

「いいえ。今日は出かけません」

彼女に会うまでは出かけるつもりだったが、逃げていると挑戦的に言われたら用事があったとしても出かける気はなくなった。

「そう、私はマスターベッドルームのウォークインクローゼットを整理するから、なにかあったら言ってね。セイシロウは几帳面だから、ワイシャツ一枚にしてもうるさいの。整理しているとね？」

カトリーヌさんはそこで言い淀む。

「整理していると……？」

「ふふっ、わかるでしょう？　セイシロウが入ってきてどんなことをするのか」

困惑している間にカトリーヌさんはツンと私から顔をそむけ、ショッピングバッグを持ってキッチンへ入っていく。

それって……。

ふたりが恋人同士だと匂わせる言葉に、胸がズキッと痛みを覚える。

清志郎さんに確かめることなんてできない……。

部屋に戻った私は昨日と同じで、午前中はフランス語の勉強にあてた。けれど、カトリーヌさんの言葉が気になって集中できなかった。

彼女と顔を合わせたくないので、お昼は朝のうちにサンドイッチを作っておいてそれを食べた。

十四時三十分になって水着に着替え、Tシャツを上から羽織る。エンゲージリングはデスクの上のアクセサリートレイに置いて部屋を出た。

庭へ出て少し空気が抜けているフロートを膨らませ終わると、スマホを部屋に置いてきたことに気づく。

また連絡がつかないなんて清志郎さんに思われないように持ってこなきゃ。

室内へ入り二階へ上がると、部屋のドアが開いていて首をかしげる。

締め忘れちゃった？

そんなことを考えながら中に入った瞬間、目を疑った。

カトリーヌさんがデスクの前にいて、エンゲージリングを手にしていたのだ。

「なにをしているんですか？」

私の声に驚いた彼女はビクッとなって、急いでエンゲージリングをトレイに置いて横を向く。

「今日の仕事内容を話しに来たらあなたはいなかったのよ」

「この部屋に入らないように言ってあったじゃないですか。それにリングを触っているのを見ました」

「あまりにも見事なリングだから見ていただけよ」

「嘘つかないで。私がプールにいるのはわかっていたでしょう？」

プールに向かうときキッチンにいる彼女と目が合ったのは間違いない。

「ちょっと、私を泥棒扱いするの？　セイシロウに言うわよ」

カトリーヌさんは憤慨したように肩を怒らせる。

「私に報告をするだけなら、なにもリングに触れなくていいのではないですか？」

彼女の怒気にひるまないように言い放つ。

「まったく、疑っているのね？　不当な扱いは許せないわ。セイシロウを呼びましょう」

「彼は仕事中です。なぜ部屋の中へ入ったのか理由を言ってください」

カトリーヌさんがジーンズのポケットからスマホを取り出したとき、「なにをしているんだ?」と背後から清志郎さんの声がして驚いて振り返る。

「蘭、どうした?」

清志郎さんは私に聞いたのに、カトリーヌさんは悲しそうな顔で彼に近づく。

「仕事が終わった報告をしに来たら彼女がいなくて。それを彼女は私が意図的に部屋に入ったと怒ったの。ひどいわ」

カトリーヌさんが英語でまくし立てるように身振り手振りで話し終えてから、清志郎さんはあっけに取られている私へ視線を向ける。

「蘭、彼女の言い分は合っているのか?」

「プールでフロートを膨らませてからスマホを取りに戻ったんです。そうしたら、アクセサリートレイに置いたエンゲージリングを持っているカトリーヌさんがいて、なぜ部屋にいるのか聞いたんです。ここの掃除はしなくていいと言ってあるので」

カトリーヌさんが小さく悲鳴をあげて首を大きく左右に振る。

「セイシロウ! 彼女は私に敵意があるのよ。たしかにリングは見事だから手に取ったけれど、それだけよ」

部屋に入った理由を知りたかったが、彼女が報告をしに来たのだと説明しているし、それ以上追及してもしかたないだろう。

清志郎さんもこれで話は終わりだと言うはず。

「蘭」

清志郎さんはカトリーヌさんの味方……だとしたら、これ以上話をしても私が嫌な思いをするだけだ。

「もういいです。これからは二度と入らないでください」

カトリーヌさんは一瞬勝ち誇ったように口角を微妙に上げた。

「蘭、君がよくても俺は納得しない」

「え……？」

淀みない英語で言われたので、一瞬聞き間違えかと清志郎さんの顔を食い入るように見つめる。

カトリーヌさんも「え？」と目を見開いた。

「ゲストルームに入らないようにと言われていたにもかかわらず、カトリーヌ、君は入室した。そして俺がランに贈ったエンゲージリングを手にした。ちゃんとしたハウスキーパーなら、高価なものに触れないよう教育されているはずだ」

「だから言ったじゃない。彼女を捜しに来たって」

カトリーヌさんはぽってりした唇を尖《とが》らせる。

「ドアを開けて名前を呼んでも出てこなかったらそこにはいないはずだろう？　それに、報告は彼女にではなく俺にメッセージを送るように一昨日伝えてあったはずだ」

「わ、忘れていただけよ」

「雇用主に忠実でない者は、家に出入りさせるわけにはいかない」

清志郎さんはきっぱりカトリーヌさんに告げる。

「セイシロウ！　本気なの？　あなたがこの家に住んでからずっと私が世話をしてきたのよ？　私を手放せるの？　私が大事じゃないの？　フィアンセが現れたからって、私たちの関係は崩せないでしょう？」

彼女の言い方は男女の関係を匂わすもので、胸に痛みが走る。

「やめてくれ。俺は君の雇用主だっただけだ。もちろんずっと働いてくれて感謝している。掃除は行き届いているし料理もおいしかったよ。だがそれだけだ。俺は君に高給を払っていたはずだ」

それだけって……清志郎さんはカトリーヌさんとの関係を否定したの？

「私はあなたを愛しているから働いていたのよ。私に働いてほしいって家はたくさんあるのに」

「ではそこへ行くといい。信頼を損なった君を家に出入りさせられない」

冷淡とも思える表情に、言われているのではない私の背筋が凍りつくように悪寒が走る。

「給料は今日中に振り込んでおく。おつかれ。家の鍵を置いていってくれ」

カトリーヌさんは下唇を噛んで、キッと私を睨みつける。

「ベッドをともにしない関係なんてあきれていたのよ。セックスした痕跡はなかったし。フィアンセなんて名ばかり。あなたはセイシロウに愛されてなんていないの！」

きつい言葉を投げつけ、カトリーヌさんはトレイの上のエンゲージリングを掴んで、私が驚いているうちに窓から放り投げた。

「カトリーヌ！」

清志郎さんが彼女の振り上げた腕を掴んだ。

「あぁっ！」

一瞬なにが起こったのかわからずぼうぜんとなるが、彼女の手にエンゲージリングがないのを見て、私は急いで階下を下りて庭へ出た。

どうしよう……。

庭から自分の部屋を見上げる。

あそこから投げて……プールに？

プールの周りには芝生と花壇がある。探す場所は絞られる。ただ、あんな小さなエンゲージリングが見つかるのだろうか。

だが、金額よりも清志郎さんから贈られたことに最大の意味があるエンゲージリングなのだ。

「見つけなきゃ」

プール手前の芝生に膝をつき、目を凝らして探索を始める。

数分後、無我夢中で探していると、突然腕を掴まれて立たせられた。

「清志郎さん……」

「探さないでいい。金属探知機を使える業者に頼むから」

彼はポケットからスマホを出す。

カトリーヌさんは帰ったのだろう。

「でもできるだけ探したいんです。投げたときのリングの放物線を考えるとこの近辺にあると思うんです。きっと見つかるはずです。だめだったときに業者に頼んではいかがでしょうか？　本当に……事を荒立ててしまって申し訳ありません」

「君は悪くない」

「でも私のせいです」

顔をゆがめ、首を左右に振る。

「どこまでお人よしなんだ」

「お、お人よしって、そんなんじゃないです。大事なハウスキーパーさんなのに……私が見て見ぬフリをすればよかったのかもと」

「雇用主の指示が聞けない時点でうちでは働かせられない」

清志郎さんは最初から私の言葉を信じてくれた。それがうれしい。

彼はジャケットにスマホを戻すと脱ぎ、ビーチベッドの上に軽く放って戻ってくる。

それからワイシャツの袖をまくり始めた。

「なにをしているんですか？」

「俺も探す」

「とりあえず私ひとりで大丈夫です。清志郎さんはなにか用事で戻ってこられたのでは？」

「俺がいないときはプールに入らないように電話をかけたんだが、つながらなかったから万が一のことを考え、焦って戻ったんだ」

「すみません……入ろうとしていました」

そのとき、耳もとでブーンと虫の羽音がして「きゃあっ！」と手で払う。パニックになりながら清志郎さんの方に近づいた次の瞬間、バランスを崩して彼にぶつかり受け止められたが、ふたりでプールの中に落ちていた。

慌てて水面に顔を上げるが背伸びしてやっと呼吸ができる深さなので、ぴょんぴょん跳ねていると清志郎さんの腕が腰に回って持ち上げられた。

彼の顔より私の顔が少し上にきて、ドキッと心臓が跳ねる。

「す、すみませんっ」

楽しそうに清志郎さんが笑う。

「まったく、君といるとスーツがだめになるな」

「本当に申し訳ありません……」

二日連続でスーツを濡れさせてしまった。

すると清志郎さんは口もとを緩ませ、私の体が少し下がり目線が同じ高さになる。

目と目が逸らせないでいると、驚くことに唇が塞がれた。

え……？

思いもよらなかったことで目は見開いたまま、清志郎さんの唇が私の唇を啄むようにキスするのを受け入れていた。

唇はすぐに離されたが、ファーストキスだったことと清志郎さんに口づけされたことでぼうぜんとなったまま彼を見る。

「水着に着替えてからプールの底を探すよ」

その声にハッとなった。

「お仕事は？」

「終わったら書斎でする」

「申し訳ありません……」

私の体が持ち上げられてプールサイドに座らされ、清志郎さんもプールから上がった。

彼は着替えしにこの場を離れ、私はまだキスされた余韻というのか、ボーッとなっていて唇に指をあてる。

清志郎さんがキス……。

どうしてしたのかわからないけれど、私たちの関係は変わり始めている気がする。

信頼していたカトリーヌさんよりも私を信じてくれた。

カトリーヌさんは清志郎さんとの関係を恋人同士なのだと匂わせていたが、どうやら違うようだ。

それがわかっただけでも心が浮き立ってきて、顔が緩んでくる。

清志郎さんが水着姿になって戻り、そのスタイルのよさに視線を慌てて逸らす。

鍛えられているがテレビで見るムキムキのマッチョほどではなく、とても綺麗な筋肉がついている。

「じゃあ、蘭は向こう側を頼む」

「はいっ。お願いします」

清志郎さんはプールに無駄のない飛び込みをして深く潜り、私は花壇の中を探し始めた。虫が苦手だけれど、そんなことは言っていられない。あのエンゲージリングは世界にひとつだけで、清志郎さんと私をつなぐ大事なものだ。

私が庭を探している間、彼は何度も何度も顔を水面に出して呼吸を整えてから潜っている。体力がとてつもなく奪われるだろう。

花壇と芝生にエンゲージリングは見つからなかった。やっぱり金属探知機を使った方がいいのだろうか……。

あとはプールに望みをかけたいが、清志郎さんはもう三十分以上も水の中にいて、底を捜している。

居ても立ってもいられず、私も飛び込んだ。目を凝らすと、排水溝が見えた。そこで息が続かず水面から顔を出す。

エンゲージリングが沈んでいたとしても、泳ぎ次第で水流で移動してしまいそうだ。

まさか、排水溝に落ちたら……永遠に見つからない。

排水溝はエンゲージリングが落ちたと思われる場所から離れているが、万が一のことを考えて向かおうとしたとき、背後で清志郎さんが顔を出した。

「蘭、見つけた」

「えっ！」

振り返ると、清志郎さんの手のひらにエンゲージリングがあった。

それを見て胸をなで下ろす。

「よかった……ありがとうございます」

「左手を出して」

言われるままに左手を水面に出すと、薬指にエンゲージリングがはめられた。

「疲れただろう？　プールから出よう」

私たちはプールから上がり、昨日みたいに私が一階のシャワールームに入り、清志郎さんは自室へ向かった。

五、想いが叶うロンドン

翌週の金曜日の夕方、ニースの空港からプライベートジェットでロンドンへ飛んだ。

カトリーヌさんは解雇され、次のハウスキーパーをすぐに見つけると清志郎さんは言ったが、とりあえず私が掃除と料理をするから急がなくていいことに落ち着いた。

でも、私たちの関係は止まったままだ。

あのときのキスは、ただ単に目の前に女性の唇があったからふいにキスしたくなっただけだったのかもしれない。

ロンドンの中心部にある最高級ホテルのスイートルームに到着したのは、十九時を過ぎた頃だった。

「少ししたら下のレストランへ行こうか。それともルームサービスがいい？」

キャリーケースを開けようとしていた私は手を止める。

「ルームサービスがいいです」

「どうした？　疲れた？」

「そんなことないですが、せっかくのスイートルームなのでゆっくりしたいかなと」

するとと清志郎さんはやわらかく微笑み、バーカウンターの引き出しからルームサービスのファイルを手に戻ってくる。

「なにが食べたいか言ってくれ」

「ロンドンは初めてなので、こちらの食事を食べてみたいです。メニューにあるでしょうか？」

「あるはずだ。見てみよう」

彼は近くのソファのアーム部分に腰を掛け、ファイルをパラパラめくる。

「ローストビーフ……フィッシュアンドチップス、シェパーズパイ……」

「どれもおいしそうですね。清志郎さんはロンドンに住んでいたときはどんなお料理が好きでしたか？」

「パブへ行けば必ずフィッシュアンドチップスを頼んでいた。では、適当に頼んでデザートはクランブルにしよう」

「クランブルがあるんですか？」

煮たフルーツを小麦粉などで作った生地をかぶせて焼いたもので、バニラアイスやカスタードクリームと一緒に食べるとさらにおいしい。

「ああ。知っているのか？」

「フィニッシングスクールのときにいただきました。おいしかったです」

アジア料理は出なかったが、ヨーロッパの料理メインのディナーは勉強になった。

「じゃあ、頼んでくる」

清志郎さんはアームの部分に寄りかからせていた体を起こし、少し離れたプレジデントデスクの方へ歩を進めた。

彼がルームサービスを頼んでいる間、キャリーケースを開けてイブニングドレスを出し、メインベッドルームとは違うベッドルームにあるクローゼットにかけに行く。

スイートルームは初めてで、豪華さと広さで落ち着かない。

パーティーは明日の夜、このホテルのホールで開かれる。

フィニッシングスクールで学んだ知識をいかせるようがんばらなきゃ。

リビングに戻ってみると、清志郎さんはタキシードが入っているガーメントバッグを持ってメインベッドルームへ向かうところだった。

清志郎さんと住み始めて二週間が経ったが、この先どうなるのだろうか。私の帰国日は決まっていない。

十一月の結婚式は清花おばあ様が取り仕切っているので、私は出席者のリストを渡すだけだった。

ウエディングプランナーがすべて滞りなく作り上げてくれる。だからすぐに帰国しなくても大丈夫なのだが、もしもこの状況が変わらなかったらと思うとどうしていいのかわからなくなる。

ハウスキーパーが決まったら、私は帰国するのがいいのかもしれない。


三十分後、ホテルスタッフが現れ料理が届けられた。

ダイニングテーブルに並ぶ料理はどれもおいしそうだ。

シャンパンが用意されたが、これはホテル総支配人からのプレゼントだということだった。極上のシャンパンは最高ランクにあたり、清志郎さんがいかに上得意客かわかる。

彼がフルートグラスに注ぎ、乾杯をする。

ホテルはロンドンの中心地にあり、テムズ川沿いに建っている。カーテンが開けられた窓からはロンドン最大の観覧車が見え、イルミネーションで光り素晴らしいロケーションのホテルだ。

トラファルガー広場やバッキンガム宮殿も徒歩圏内だというので、明日出かけてみたいと思っている。

グレイビーソースのかかったローストビーフをひと口大に切って食べる。お肉がやわらかく、口の中でとろけていくようだ。

「とてもおいしいです」

「ああ。ほかの料理も試してみるといい」

「はい」

シェパーズパイやフィッシュアンドチップスを食べてみる。

「フィッシュアンドチップスはここのもおいしいが、パブでビールと食べるとうまく感じる。実際はこのホテルの方が素材や油を考えてもずっとおいしいのだろうが」

「その場の雰囲気も大事ですよね」

清志郎さんはロンドンで十年ほど生活していた。どんな暮らしをしていたのか気になるが、踏み込める関係ではないので口にできなかった。

カスタードクリームがのったクランブルを食べていると、少し離れたローテーブルの上に置いてある清志郎さんのスマホが鳴った。

「失礼」

彼は私に断って席を立ち、スマホを耳にあてて話しだす。

日本語で会話している。誘われているみたいな内容なのか最初は断っていたが、相手は納得していない様子だ。清志郎さんは「少しだけなら」と、通話を終わらせた。

「すまない。経営者仲間がバーで飲まないかと。少しだけ行ってくる」

「はい。いってらっしゃいませ」

どのみち食事が終われば各自部屋に入るのだから。


翌朝、いつもと同じ時間にルームサービスで朝食を食べ、近くを観光してこようと予定を立てていたが、清志郎さんが付き合ってくれることになりうれしい。

ロンドンの朝の気温は少し肌寒く、半袖のワンピースにカーディガンを羽織る。清志郎さんはカジュアルな黒のTシャツとジーンズ、カーキ色のジャケットを身に着けている。

タワーブリッジやロンドン塔を見て、バッキンガム宮殿の十一時に始まる衛兵交代式へ案内してもらった。観光客が多く、日本人らしき団体もかなりいた。

ランチは昨晩話していたパブで、清志郎さんはビール、私は炭酸飲料を飲みながらフィッシュアンドチップスやサンドイッチを食べた。

食事が終わる頃、清志郎さんが腕時計へ視線を落とす。

「十五時からホテルのエステサロンを予約してある」

「エステを……？」

驚いてポカンと口を開けた私がおかしかったのか、彼が破顔する。

「ああ。その後、部屋でヘアメイクしてもらえるよう頼んである。そろそろ出よう」

彼は会計を済ませると、タクシーを拾ってホテルへ戻った。


　エステで施術してもらったおかげで肌がつるつるになって、いいコンディションになった。カンヌの太陽で少し乾燥していたみたいだ。

　髪は緩くアップにし、こちらで活躍する日本人スタッフがメイクしてくれたので、ナチュラルでいて綺麗に見える。

　清志郎さんと一緒に選んだ爽やかな淡いラベンダー色のイブニングドレスは、オフショルダーでデコルテラインが美しく見え、スカート部分の広がりはそれほどないシンプルで上品なデザイン。フランスの有名デザイナーのものだ。

　支度を終えリビングへ足を運ぶと、黒のタキシード姿の清志郎さんが窓辺に向かって立っていた。観覧車を眺めているのだろうか。

　私が近づくとヒールの足音がカツンと響いて、清志郎さんが振り返る。

　ドレスシャツにカマーバンド、タキシードを着た彼を初めて見て、鼓動がドクンと跳ねてから忙しく早鐘を打ち始める。

いつもは額にかかる前髪もアップバングにしていて精悍さが漂っている。

「綺麗だ。最後の仕上げをしよう」

綺麗だと褒められてお世辞でもうれしい。

清志郎さんはローテーブルの上からジルベルドの箱を開け、ダイヤモンドのチョーカーネックレスを手にする。

私のうしろに回った彼はチョーカーネックレスをつけてくれる。

無機質でゴージャスなダイヤモンドはひんやりとした感触で、私の首もとに収まった。

「いい感じだ」

窓ガラスに映る首もとに視線を向ける。

ジルベルドの店舗でつけたことがあるが、イブニングドレスに合わせると眩い輝きで豪華さが際立っている。

「ピアスもつけるといい」

ネックレスと一緒に贈られたピアスだ。

「はい」

ピアスの入った箱を受け取り、ドレッシングルームへ歩を進めた。

パーティー会場にはすでに大勢の着飾った男女がおり、ざっと見て五十人はいるだろうか。

日本人だけでなく西洋人の姿も見える。ロンドンで活躍する日本企業のトップクラスが集まるパーティーだそうだ。

清志郎さんがパーティー会場に一歩入ったところで、タキシード姿の男性が近づいてきた。真紅のドレスを身にまとった女性を連れている。

「清志郎、ようやくフィアンセを紹介してくれると昨日聞いて楽しみにしていたよ」

三十代、清志郎さんくらいの年齢に見える男性がポンと彼の肩を叩く。

昨日……もしかしてバーに誘っていた電話の人かもしれない。

「三澤蘭さんだ。蘭、岸本《きしもと》さんと奥様だ。ロンドンで整形外科医院を開業している」

「岸本です。妻も同じくうちで整形外科医をしています」

「蘭と申します。清志郎さんの経営者仲間の方にお会いするのは初めてです。今後ともお見知りおきを」

にこやかに滑舌よく自己紹介してふたりにお辞儀をする。

「清志郎さんのフィアンセはどんな方なのだろうと思っていたら、すごい美女で驚きましたわ」

「美女だなんて、とんでもありません」

「いやいや、本当に美しい。清志郎が今まで隠していた理由がわかる。ハイエナのような連中に見せたくないよな」

自分ではもちろんまったくそう思わないが、美女の件《くだり》はお世辞とはいえ嫌みではなさそうで胸をなで下ろす。

そこへ清志郎さんの知り合いが現れ、岸本さんは「また後で」と奥様と去っていく。

十分の間にどのくらいの人と挨拶を交わしただろう。次々と仕事の取引相手や友人が来る。

清志郎さんはこちらにたくさんの知り合いがいて、生活がすっかり根づいているのだなと実感する。

挨拶に来る人たちと言葉を交わす堂々とした佇まいの彼に、胸がずっと高鳴っている。

西洋人の友人は清志郎さんを〝セイ〟と親しげに呼んでいた。

ブッフェスタイルの食事だが、参加者は料理よりもアルコールを楽しんでいる。

イブニングドレスで着飾った女性たちもシャンパングラスを片手に、オードブルなどワンハンドで食べられる料理を軽くつまんでいる。

「おなかが空いただろう」

知り合いのイギリス人男性と会話を終わらせた清志郎さんが口を開く。

「は……いえ」

ここでがつがつ食べるのは、フィニッシングスクールではマナーがなっていないと教えられたのを思い直す。

それに、気になるくらいにあちこちから視線を向けられている。それだけ清志郎さんは投資家として有名なのだろう。

そんな私に清志郎さんは麗しく笑みを浮かべる。

「パブで食べたっきりだ。遠慮することはない。行こう」

彼は私の腰に手を回し、壁沿いにズラリと並んだブッフェのテーブルに連れていく。

ドレスに染みを作ってしまうのも懸念し、食べやすいオードブルやつまめる料理をサーブしてもらい、ホールにつながるテラス席へスタッフが運んでくれる。

テラス席があると知らなかったのでホッと安堵し、清志郎さんと料理をいただく。

「清志郎さんはここにいる誰よりも注目される存在なんですね」

「注目か……どうだろうな。実際はうわべだけの付き合いばかりだからな」

そう言ったところで、清志郎さんはホールの知り合いに目を留めたようで「ちょっと外す」と席を立った。

彼の行き先を見ていると、シルバーのドレス姿の女性のところで立ち止まった。清志郎さんと年齢が近いような女性は、親しげな笑顔で彼に抱きつく。

綺麗な人だ。

カトリーヌさんを思い出す。

「美しいフィアンセを連れているというのに、本命現れる……か」

あきれたような声がすぐ近くのテーブルから聞こえた。

椅子に座っている男性は、下品な視線を私に向けて「本当に人形みたいに綺麗だな」と言ってくる。

三人いる男性たちは日本人のようだ。シャンパンや琥珀色の液体のグラスがテーブルにある。

この男性たちはいったいなにを言っているの……？

「美人さんは金目あてなんだろう？　あいつには愛人がいるのに、結婚するんだからな。君が身に着けている宝飾品はひと財産だ」

悪意のある物言いにムッと腹を立てるが、言い返すのは控える。

「愛のない結婚ほど不幸せなことはないよな？」

私に悪意を放つその人は隣にいる男性に同意を求めるが、返事は聞こえない。

あの女性が清志郎さんの愛している人……？

「こんな人形みたいな妻がいたら、毎日好きなように抱けるし、外では本命とよろしくやる。うらやましい男だよ。まったく、実家が太いと事業も好調だな」

私が人形？

椅子からすっくと立ち、淡いラベンダー色のドレスのサイドを軽く持ち上げて男たちの前へ行く。

私の行動が意外だったのか、驚いた顔になる。

「な、なにか用か？」

「ええ。今の言葉を撤回してください」

男性が相手なのに、怖くはなかった。

「人形みたいな女がいたら毎日好きなように抱けるって？　外で本命を囲っているんだからうらやましい男だよ。って言ってたか？」

「ほかにも言っていましたよね？　清志郎さんの成功を妬んでいるみたいに」

　すると、男性の顔が見る見るうちに赤くなる。

　一緒にいた男性が困ったように口を開く。

「おい、神田《かんだ》。やめておけよ」

「ああ、そうだよ！　生まれが金持ちだと人生の荒波にもまれなくて済むよな！　実家が太くてうらやましいぜ！」

　神田と呼ばれた男性は忠告も聞かずに、辺りに響くような声で言い放った。

「もちろん東妻家はすごいですが、それだけで海外で事業ができるわけがないのは皆さんがご存じだと思います。才能あっての今の彼です。妬むよりも我が身を振り返った方がいいのではないでしょうか？」

　きっぱり言いきる私に神田さんは泡を食ったような顔になるが、「なんだと！」と怒号を浴びせ立ち上がる。

　その反動でテーブルのグラスが倒れ転がり、音を立てて床で割れる。

「まったく……女性相手にみっともないな」

　突として清志郎さんの冷淡とも思える声色がし、彼の手が私の肩に置かれた。

「投資を断られた腹いせに、俺のフィアンセに絡んでいるのか？」

「は、腹いせなど——」

神田さんは先ほどの勢いはどこへ行ったのか。私の目には尻尾を巻く犬に見える。

「蘭、なにかひどいことを言われたのか?」

カトリーヌさんのときに事を荒立ててしまったことを思い出し、口もとを緩ませ首を左右に振る。この場で大事にしては、清志郎さんの立場がなくなる。

「なにを言われたかもう忘れてしまいました」

「そうか……だが俺は君を侮辱した言葉を聞いている」

清志郎さんは私の肩に置いた手を離し、神田さんにおもむろに近づく。

どうするのかと困惑しながら、神田さんに距離を詰めた彼を見る。

次の瞬間、神田さんが清志郎さんに殴りかかってきたのをかわし、動けないように体を抑えた。

「放せ!」

神田さんが乱暴に言い放つと、清志郎さんは彼から手を離した。すると、神田さんはふらつき一緒にいた男性たちに支えられる。

「先ほどの暴言は嫉妬心からだと思っておく。今度婚約者を侮辱すればわかっているな? いつでも相手になる」

清志郎さんは私のところに戻ってきて、肩を抱くようにしてその場を離れた。

テラスでは注目を浴びてしまったが、ホールは和やかな雰囲気で皆が会話を楽しんでいる。

そんな人たちを尻目に清志郎さんは私の肩を抱いたままホールを出て、エレベーターに向かい乗り込む。

彼は怒りをこらえている様子で、会話がないままスイートルームに戻った。

室内へ歩を進めると肩を抱いていた彼の手が離れる。

「……すみません」

「謝るのは俺の方だ。低俗な男の相手をさせてしまった」

申し訳なさそうに言う清志郎さんを前に、私の思考は別の方向へと向いていた。

神田さんが言っていた〝本命〟がもし本当なら、あの綺麗な女性が清志郎さんの愛している人なのだろうか。

私は彼に恋をしているし結婚をしたい。ずっとそばにいたい。だから、清志郎さんが形だけの結婚を望むのならそれもしかたないと思っている。

しかし、妊娠をしなければほんの少しのつながりでさえなくなってしまう。清花おばあ様の願いを叶えなくてはならない。

ふしだらだと思われてもいい。私にできるのは、ありったけの勇気を振り絞って頼むことだけ。

「あの、わ……私との結婚は仕方ないと思っていると思いますが、だ……抱いてもらえませんか？」

突拍子もない言葉に、清志郎さんの切れ長の目が大きく見開く。

「に、妊娠したら、偽装結婚のまま……清志郎さんと別居します」

思いきって話し終え、見つめる漆黒の瞳から逃れるようにうつむく。

「すべては祖母のため？　妊娠したら一生別居でいいと？」

喜んでもらえると思ったのに、清志郎さんから聞こえたのは不機嫌そうな声だ。

「蘭？　答えてくれ」

「……いいわけないです。清志郎さんと一緒にいたい。ちゃんとした結婚生活を送りたいです」

そして、清志郎さんに愛されたい。

でもその言葉は口に出せない。

「蘭、愛している」

「え？」

足もとへ視線を落としていた顔を上げ、清志郎さんを食い入るように見つめた。

六、彼女を自分だけのものに（清志郎Side）

祖母に許嫁を決められた頃、俺はまだ八歳の子どもでよくわかっていなかった。

相手は祖母の女学校時代からの親友の孫だ。名前は三澤蘭。

成長するにつれ、祖母たちのただの戯れだろうと気にしなくなった。

だが十八になり大学進学を控えた頃、正式に婚約すると聞かされた。

蘭はまだ十歳だ。子ども相手に婚約などバカバカしい、むしろ八つも年上の自分と結婚させられる彼女がかわいそうだと思った。

しかし大人たちの決め事として婚約話は進んでいく。

その頃、祖母への反抗心もあり自分で投資会社を立ち上げるという夢を持ち始めた俺は、資産家の跡取りという立場に惹かれて近寄ってくる女性がいることを身を持って知り始めて辟易していた。正式な婚約者がいれば、わずらわしい女性除けにちょうどいいかもしれないと思いつき、婚約をしたところで結婚の義務が発生するわけではないのだから、蘭が大人になったら解消しようと結論づけた。

蘭に初めて会ったのは、彼女の祖母の通夜の席。

十八歳の彼女は、綺麗な女性に成長していた。いや、女性というにはまだ早いかもしれない。幼さの残る透明感のある清純な娘さんだ。

祭壇上の祖母の死を悼み、こらえきれずに涙を真っ白なハンカチでそっと拭う彼女は美しく、俺は不謹慎にも心を揺さぶられて目を奪われた。

その後、俺と祖母の話を偶然に立ち聞きしたのはわかったが、蘭は戸惑う表情もなくなにも言わずに祖母をいたわる言葉をかけた。

生まれた瞬間に婚約をさせられた彼女は、今までどんな生活をしていたのだろうかと気になった。東妻家の孫の嫁になるべく、習い事や行儀作法などを幼い頃から教え込まれていたかもしれない。

強引に祖母は俺たちを合わせる段取りをし、二日後、空港のカフェで会うことになった。

カフェに現れた蘭は高校の制服姿で、キラキラしているように見えてまぶしかった。

ふたりきりで会うのは初めてで、彼女の表情から緊張と戸惑いが垣間見える。

カフェ店員が蘭のオーダーしたココアをソーサーにこぼしてしまい、入れ直してくると言ったにもかかわらず、蘭は笑顔で「大丈夫です」と言った。

ミスをした店員をフォローする姿を見て、彼女から聡明さや優しさを感じた。とはいえ、まだまだ幼い彼女に特別な感情を持ってはいけないと自分を律した。

彼女となるべく会わないようにし続け、海外で仕事に邁進した。

ときどき祖母からの電話の折、蘭の様子を聞かされる。

彼女は女子大学の国際交流学部に在籍し、学園祭のミスコンでグランプリを取ったようだ。

女子大でその結果を得られたということは容姿だけでなく性格もよく、友人たちから好かれていると推測された。

祖母は得意げで、早く俺と結婚してほしいと口にした。

しかし、蘭はまだ大学生だ。それに、彼女に好きな男ができたかもしれない。

「CEO、ファンドマネージャーが十一時にアポを取りたいとのことです」

秘書はイギリス人の年配の女性で、子どもは大学に入学したばかりだ。

「ジェラルドコーポレーションの件だろう。ポートフォリオマネージャーも呼んでくれ。双方の意見を聞きたい」

「かしこまりました」

オフィスの窓からセントポール大聖堂の丸みのある主塔が見える。

ロンドンは古い建造物や美術館、博物館も多く魅力的な街だ。交通網も発達しており住みやすい。だが、俺はもう少し太陽の光を多く感じられるフランス・カンヌに本社を移転させることにした。

ロンドンのオフィスはそのままに、昨今フランス企業の取引先も増え、事業拡大のためカンヌに決めたのだ。

ロンドンでは毎日朝八時から二十三時近くまでオフィスで働いている。秘書は俺を仕事中毒《ワーカホリック》だと顔をしかめつつも体を気遣うが、仕事は山積みで時には休日も自宅で仕事をしていた。

取引先や知り合いの女性からモーションをかけられることも多かったが、あらかじめ婚約者がいることを公表しているため、かなりの女除けになっていた。

ふと蘭のことを考える。

彼女も大人になり、そのうち破談の要望がくるだろうと思っていた。月日が経ち、もうすぐ蘭は大学を卒業するが、連絡はいっこうになかった。

祖母はいろいろと俺たちのことを模索し、彼女をスイスにあるフィニッシングスクールに入校させた。

スイスとフランス、ヨーロッパ圏で俺たちの距離を縮めようとしたのだろう。スクールを修了後、蘭は俺のもとへやって来た。

二十二歳の彼女に再会し、一生懸命な姿に心惹かれた。しかし、もしかしたら祖母や実家の建前上破談を言い出せなかったのかもと思い始める。

そこで結婚の意思を確認すると、気持ちは変わっていないという。

祖母の望みに健気に応えようとしている様子を見て、俺に特別な気持ちがあるわけではなく義務感なのだと悟り、切ない気持ちになった。

蘭はカンヌの生活を楽しんでいるように見えた。儚げな雰囲気を持つ見た目よりも、しっかりとしていて物事を楽しむポジティブな性格のようで、ひとり暮らしになれた俺だが蘭との同居が楽しい。

必死に気持ちを高めないよう努めるも、食事したり出かけたりとするうちにますます惹かれていった。

エンゲージリングは、友人で世界的に有名な宝飾店のオーナー兼デザイナーの瑛斗さんに依頼をしていた。オーダーをしたのは蘭がフィニッシングスクールに入校すると聞いたすぐ後だ。彼女の考えはわからなかったが、順調にカンヌへ来るというのであれば必要になると考えてだ。

八月にはロンドンを拠点とする日本企業のトップクラスが集まるパーティーもある。

蘭を連れていくのならエンゲージリングが必要だ。

当初はそんな名目で瑛斗さんに頼んだが、美しいエンゲージリングを喜んでほしいと思いながらクールを装い渡した。

蘭には思いもよらなかったのだろう。驚きを隠せない様子だった。

「よかった。気に入ったか?」

「はい。素晴らしすぎて……私の指に似合うか……」

華奢な指に収まったエンゲージリングは、もちろん可憐な蘭の雰囲気によく似合っていた。

打ち合わせが早く終わり帰宅すると、蘭がプールで足をつっているところだった。

プールが深いことを伝え忘れていたのもあり、早めに戻ったのが幸いだった。

蘭を失うかもしれない恐怖と直面し、彼女への想いを確信した。

俺のワイシャツを身に着けた彼女への欲望を抑えるのは、理性をかき集めなければならなかった。

その後カトリーヌの騒動が起き、指輪を探していたとき、近くに彼女が来た瞬間に想いがあふれてキスをしてしまった。

蘭はどう思ったか気になって仕方ないが平静を装った。

ロンドンのパーティーに同伴した蘭は本当に綺麗で、ほかの男の目には触れさせたくない思いに駆られた。それでも参加者には挨拶をして回らねばならない。

大切な取引先の姿が見え、蘭をひとりにするのは気になったが短く済ませようと彼女のもとへ向かった。

その女性、四十代前半の白井明子《しらいあきこ》さんはロンドンで美容関係の会社を経営している。籍は入れていないが、彼女には爵位を持つ男性がいる。

俺がロンドンで成功したのも、彼女が信頼してくれ多額の現金を預けてくれたおかげだ。

「明子さん」

「清志郎！　久しぶりね」

ハグの後挨拶をするも、残してきた蘭が気になり明子さんとの話もそこそこに蘭のもとへ戻ったが、まさかその間に神田たちに絡まれることになるとは……。

もうこのままにはしておけない。

俺だけの蘭にしたいという気持ちがあふれ、部屋へと連れ帰った。

七、日本からの知らせ

「蘭、愛している」

「え？」

足もとへ視線を落としていた顔を上げ、清志郎さんを食い入るように見つめた。

「蘭、俺の話を聞いてくれないか」

彼が手を握ってくれる。温かい体温にホッとしてコクッとうなずく。

「通夜の日、涙をこらえつつも抑えきれない君は不謹慎ながら綺麗で、目を奪われた。空港で会ったときも君の優しさはつくられたものではないとすぐわかり、惹かれた。しかしあの頃まだ君は十八だ。これから好きな男が現れるかもしれない。いつか破談の連絡がくるのではないかと思っていたんだ」

当時、清志郎さんが私をどう思っていたのかがわかり、そうだったのかと感慨深い。

「一緒に暮らし始め、確実に自分の気持ちに気づいたのは蘭がプールで足をつったときだった。俺が戻っていなかったらと思うとゾッとしたよ。俺のワイシャツを着た君は特別な存在になっていた。指輪を探している最中、蘭にキスをしたい欲望が抑えきれなかった。だが、君は俺をどう思っているかわからない」

「清志郎さん……」

夢のような告白に、胸が痛いくらいに高鳴って目頭が熱くなる。

「蘭、俺には君しかいない。君は義務で俺のそばにいるというのなら、愛してもらえるように努力する」

「わ……私は、ずっと……子どもの頃にあなたの写真を見たときから清志郎さんに恋をしていました。カンヌに来てすぐに、恋から愛に変わったんです」

「蘭……」

うれしそうな清志郎さんに引き寄せられ抱きしめられる。私も彼の背に腕を回し、うれしさが込み上げてきて、ギュッとタキシードのジャケットを掴む。

「カトリーヌがリングを外に投げた日だが、プールでまた君が足をつったりでもしたらと思うと気が気でなく、急いで仕事を片づけて帰宅したんだ」

「心配をかけていたんですね。すみません」

清志郎さんは少し体を離して、首を左右に振る。

「君は優しく、謙虚で、そして綺麗で、今さらながら俺は幸せ者だよ。祖母への反発もあって君を困惑させてしまっていたことは心から謝る。蘭への愛を自覚してから触れたい気持ちと戦っていた」

清志郎さんがそんな想いでいてくれたなんて、夢を見ているみたい。

胸がいっぱいだった。

彼の顔がぼやけるくらいに近づき唇が重ねられ、何度も角度を変えてキスをする。

清志郎さんのキスに心臓が激しく高鳴っている。

唇をほんの少し離して情熱的な瞳で見つめられる。

「蘭が欲しい」

恥ずかしいがコクッとうなずいた瞬間、抱き上げられた。

「首に腕を回して」

そう言って唇が再び塞がれる。

ちゅ、ちゅと、上唇や下唇、唇の端に口づけながら、マスターベッドルームに向かい、ゴージャスな四柱式のベッドにそっと下ろされる。

室内は薄暗いオレンジ色の明かりに照らされていた。

清志郎さんはベッドの端に腰を掛け、私の方を向く。いつもは涼しげな印象を受ける目が、情熱的な色を帯びているように見える。

清志郎さんは私の首のうしろへ手を伸ばし、チョーカーネックレスの留め金を外す。

私が手を耳にやると「取ろう」と彼がピアスに触れる。

「蘭、脱がしてくれないか?」

「ぬ、脱がす……」

「ああ。俺に触れてくれ」

ピアスを取った後うしろのジッパーが下げられ、ビクッと体が跳ねる。

ここで恥ずかしがっていたら、この後のことはとてもじゃないが無理になる。

思いきって、清志郎さんの鎖骨の辺りからタキシードの下に両手を入れて腕から袖を抜く。カマーバンドに手を伸ばそうとすると、おでこに唇があてられた。

「私、清志郎さんからおでこにキスされるのが好きです」

なにか話さなければと思って口にすると、彼は甘い笑みを浮かべる。

「唇よりも?」

もう一度おでこにキスを落とし、からかう清志郎さんだ。

「へ、返事に困る質問しないでください……」

ドキドキ心臓が暴れて困る。

「出かけるときの挨拶は必ずおでこにしよう。だが、もちろんかわいい唇は外せない」

優しく唇が重ねられる。

角度を何度も変えて唇をもてあそばれ、体の力が抜けていく。その間にイブニングドレスが脱がされていて、組み敷かれたときはランジェリーだけになっていた。

清志郎さんは組み敷いた私を見つめながら、ドレスシャツを脱いでいく。その動作が男の色気そのもので、さらに私の鼓動は早鐘を打っていく。

ビキニ姿はすでに見られている。見事な肢体の彼の下着姿も水着と同じ。

だけど、やはりベッドの上なので違う。

当惑しているうちにストラップレスのブラジャーが取り払われ、胸のふくらみが手のひらに包まれて頂に指が触れる。

「んっ……」

触れられた瞬間、今まで感じたことのない甘い疼《うず》きが電流のように体を走っていく。

「美しい体だ。俺にはもったいないほど無垢な体で困惑するよ」

「清志郎さん……そんなに見ないでください」

彼に腕を伸ばすと、内側に唇が這わされる。

「それにどこにキスをしても甘い」

腕の内側から肩、鎖骨に唇が移動していき、唇に戻ってくると熱い舌が口腔内にそっと忍び込むように入ってきた。

清志郎さんのキスや指先は、私の体をあますところなく触れていく。

「ん、はぁ……っ……ん」

甘いだけでなく強弱をつける愛撫は気持ちよくて、体が痺《しび》れ熱くなっていく。

清志郎さんに愛されているだけで満たされていく。

彼の唇に触れられたところは敏感になって、快楽の波が押し寄せてくる。

「愛している」

いつかそう言ってもらえたら天にも昇る気分だろうと思っていたけれど、それ以上で、清志郎さんに愛されるのは人生で最高の気分だった。

初めての経験は砂糖よりも甘く、蜜のように濃くてもっと欲しくなる中毒性を秘めた時間で、私の心も体も幸せに満たされていった。

翌日、ロンドンからカンヌに戻ってきてもずっと幸せな気持ちに包まれている。

早めにロンドンを出国したので、到着後自宅でゆっくり荷解きをしてから外食の前にビーチ沿いの歩道を散歩している。

手をつなぎながら夕暮れの地中海を眺める時間は、数日前までは考えられなかったことだ。

「清志郎さんがカンヌに引っ越しした理由がわかる気がします」

「ロンドンも好きだったが、カンヌのこの時季の気候や景色に癒される。冬でも極寒ってほどにならないし、過ごしやすい。蘭も気に入ってくれるといいんだが」

「私はもうとっくにここが好きになっています」

そう言うと、清志郎さんは麗しく微笑んで顔を近づけてキスをする。

最初の取りつく島もない彼ではなく、朝から晩まで甘い。

「そう言ってくれてうれしいよ」

「街の雰囲気が好きですし、家は最高です」

「あと数年間はここに住もうと思っている。それから東京へ戻るつもりだ。蘭はそれでもかまわない？」

「清花おばあ様がご高齢なので心配ですが、清志郎さんのお仕事はこちらにあるので思うようにしてください。私は清志郎さんについていきます」

清志郎さんとの未来が確信に変わったように思えて、すんなり言葉にできる。

「蘭、ありがとう。時間が許す限り頻繁に祖母に会いに行こう。ご両親にも甘えるといい」

「甘えるだなんて……いい大人なので」

するると、彼は立ち止まりからかう瞳を向け、唇にキスをする。

「いい大人でも俺には甘えろよ」

「……はい」

蜜のように甘い雰囲気に顔に熱が集中してくるようだ。

清志郎さんは満足げにうなずき、思い出したように口を開く。

「そうだ、蘭はデッキシューズを持っていないよな？」

「デッキシューズ……？　持ってないです」

「買いに行こう」

「えっと、デッキシューズはヨットとかのデッキの上ですべらない靴ですよね？　どうして……？」

「クルーザーを持っている。明日乗ろう」

サラッと言われてあっけに取られ、口をポカンと開く。

「清志郎さん、クルーザーまで所有していたなんて……」

「それほど大きくはないよ。サント・マルグリット島やその向こうにあるサントノラ島近辺を航行させよう。靴屋はこの近くにある」

手を引かれビーチからクロワゼット通りに出て、高級ホテルに入っている靴屋に私を連れていった。

デッキシューズを購入後、ホテルのテラス席でディナーを食べて帰宅した。

その夜も、清志郎さんはベッドの上で私を抱き、情熱的に愛した。

翌朝、サンドイッチやおかずを保存容器に詰め、ノンアルコールビールやジュース、アイスコーヒーなどをクーラーバッグに入れて出かける準備をする。

足もとは白のデッキシューズで、長袖のブラウスの下にキャミソール、綿のショートパンツをはいている。

暑かったらブラウスを脱いで日焼け止めクリームを塗ればいい。

朝食のおにぎりとお味噌汁を作り終えたところで、清志郎さんがキッチンに現れる。

「味噌汁のいい匂いがする」

彼は私のうしろに立って腰に腕を回し、頬にキスをする。

今日は月曜日だけれど、彼があらかじめ三連休を取っていたようだった。

「できました。食べましょう」

「運ぶよ」

彼は朝食をのせたトレイを隣の部屋のダイニングテーブルへ運んでくれる。

清志郎さんの足もともお揃いのデッキシューズだ。

白いシャツとハーフパンツが爽やかでまぶしい。

「お仕事は本当に大丈夫ですか？」

「ああ。ありがたいことにスタッフが優秀だから休みが取れるんだ」

清志郎さんの会社はカンヌとロンドンに各三十人ほどが働いていると聞いている。

企業などの投資で利益を上げているが、失敗すれば多大な損失をこうむることから、
現在は企業コンサルティングなどもしているらしい。

社員が優秀だと笑って話しているが、普段夜遅くまで仕事のやり取りをしていて、
清志郎さんの仕事熱心な姿を知っているから、彼の努力を甘く見ている人に対して腹が立つ。

会社を立ち上げたときから、清志郎さんは想像もできない努力をしているに違いないと思う。

「そうだ、神田から飲みすぎて申し訳なかったとメッセージをもらった」

「たしかに飲みすぎていたようですが……」

「やつの言葉は忘れてくれ」

そう言って豆腐のお味噌汁をひと口飲んで「おいしい」と言ってくれる。

「私のことは気にしていません。実家のおかげで今の清志郎さんがあると言われたのが嫌なんです」

「恵まれているのは事実だ。だが、そうだからといって成功するとは限らない。あの男がいい例だ。彼はロンドンで輸入業を始めたが、いつまでもつか。この話はやめて、早く食べて出かけよう」

朝食を済ませると、クーラーバッグと荷物を持って車に入れ、ヨットハーバーへ向かった。

ヨットハーバーに停泊していた清志郎さんのクルーザーはスタイリッシュなフォルムで、購入してまだ一年ほどしか経っていないという。

リビングは白と濃いブラウンで統一され、ソファやテレビ、使いやすそうなキッチンもある。

なにより驚いたのが、キングサイズのベッドやシャワールーム、洗面所があり、高級住居がクルーザーに収まったかのようだ。

「ここで暮らせるのでは……？」

「かもしれないな。だが、やはり地に足がついていないと。クルーザーはときどき楽しむだけでいい」

「ときどきだけだなんてもったいないです」

そう言うと清志郎さんは破顔する。

「それなら毎週末乗る？　俺はかまわない。ベッドもあるし」

「贅沢すぎます。そんなに乗らなくてもいいので、清志郎さんの時間があるときにまた乗せてください」

ふいに両肩に手が置かれ、ストンとベッドの端に座らされる。

「今ここで蘭が欲しくなる」

「だ、だめですよ。楽しみにしているんですから早く動かしてください」

首をフルフルと左右に振る私に、彼は笑いながらおでこにキスを落とし、それから唇を甘く食んでから立たせてくれる。

最初からそんな気はなく、からかわれたらしい。

「では出港させよう」

清志郎さんはもう一度ちゅっと唇を重ねてから、私の手を握って上の階のコックピットへ歩を進めた。

青い空に雲がところどころに浮いている。

ヨットハーバーを出たクルーザーは、南東約二キロに位置するサント・マルグリット島の方角に進んでいる。

コバルトブルーの海にはヨットやクルーザーも何艘《なんそう》も見える。

コックピットで操縦している清志郎さんの隣で風を受けて伸びをする。ゆっくり走らせているので心地よい風だ。

「すごい開放感がありますね」

「もっとスピードも上げられるが、これくらいがちょうど気持ちいいんだ」

「風が気持ちいいです」

とはいえ、肩甲骨の下まである髪は結ぶのを忘れて顔にかかるため、何度も払っている。

サント・マルグリット島へはフェリーも出ていて、十五分ほどで行けるらしい。そうしているうちに、十七世紀の石造りの要塞が高台にあるのが見えてくる。

今回は観光が目的ではないので、上陸せずに清志郎さんはしばらく海を走らせると、エンジンを止めてうしろの席にいる私の隣に腰を下ろす。

「静かになったが、もしかして船酔いを?」

「え? す、素敵な景色ですね」

鋭いと思いながら、遠くに見えるコート・ダジュールの陸地を指さして視線から逃れる。

クルーザーは快適なのに、先ほどから胃がムカムカしてきていた。

自分が船に弱いなんて知らなかったし、清志郎さんに気づいてほしくなかったのだが。

「質問に答えていない。青ざめているし、気持ち悪いんじゃないか？」

顔を覗き込まれて、小さくうなずく。

「ごめんなさい。楽しみにしていたから認めたくなくて……」

まだ吐きそうなほどではないので、できることなら隠したかった。

「バカだな。俺に気遣う必要はないのに。すぐに戻ろう」

「戻る……？」

「ここに酔い止めの薬は置いていないし、そんな体調ではクルージングを楽しめないだろう？　今度は薬を飲んでからにすればいい」

清志郎さんはなだめるように言って、私の頭をポンポンと軽く触れる。

「三十分くらいかかるが、ベッドで横になっている？」

「ううん。ここにいます」

「では、遠くを見ていた方がいい」

清志郎さんは操縦席に座りエンジンをかけた。

太陽はまだ真上にある。

言われた通り遠くを見ているが、楽しいクルージングに水を差してしまったことが悔やまれて思わずため息が漏れる。

すぐにハッとなって、前にいる清志郎さんを見る。

よかった……。エンジン音でため息が彼の耳に届かなかったのが幸いだ。

目が覚めたのは清志郎さんのベッドの上だった。

ブラインドが半分ほど空いている窓から見える外は暗くなっている。

ヨットハーバーに着いて車で自宅に戻ってからもまだ胃が暴れていて、ベッドに横になり、こらえているうちに眠ってしまったようだ。

胃の不快感はすっかりなくなっており、空腹でおなかが鳴りそうだ。

忙しい胃なんだから……。

体を起こし、ベッドから床に足をつけてルームシューズを履き、階下へ下りる。

リビングの時計は十九時になっている。

清志郎さんは書斎……？

そちらに向かおうとした背後で「蘭、よくなったのか？」と声がかかり振り返る。

清志郎さんはキッチンにいたようだ。

「はい。すっかり。すぐに食事の用意をしますね」

「卵粥を作ったんだ」

「清志郎さんがお料理を？」

すると、彼はおかしそうに顔を緩ませる。

「料理ってほどのことじゃないよ。ロンドンのときは自炊していたから簡単なものくらいは作れる。味は保証しないが」

「すごくおなか空いているんです。早く食べさせてください」

「運んでくるから座ってて」

ダイニングテーブルの椅子を引いて私を座らせた後、キッチンへ行きトレイにお粥と昨晩の残り物のブイヤベースをのせて戻ってくる。

「お粥おいしそうです。いただきます」

「熱いから気をつけて」

スプーンで少しすくって「ふー」と息をかけてから食べる。

清志郎さんは食べずに私に注目していた。

優しい味が口の中に広がり笑みを深める。

「とってもおいしいです。上手で驚きました。これで胃がすっかり回復します」

「褒められるほどのものでもないが、おいしいと言ってもらえてよかった」

清志郎さんは微笑してからスプーンを持って食べ始めた。

「……今日は申し訳ありませんでした」

「謝る必要なんてないよ。船に乗ったことがなければわからないことだ。気分が悪くて蘭の方が大変だっただろう」

なんて優しいのだろう。私の知っている男性は父と兄くらいだが、こんなふうに異性が言葉をかけてくれることはなかった。

気遣ってくれる清志郎さんに笑みを向ける。

「今度は酔い止めを飲みますから、乗せてください」

「ああ。いつでも。薬を買っておく。冷めるとおいしくなくなる。食べて」

促されて食べ始め、鍋にたくさん作ってくれたお粥は綺麗になくなった。

お風呂から上がり濡れた髪をタオルで乾かしながら、バッグからスマホを取り出す。

少しだけ撮った写真をもう一度見ようと思ってスマホを開いてみると、清花おばあ様からメッセージが入っていた。

「あ……」

タップして開く。

【その後、どうかしら？　清志郎さんとは仲よくなれた？　綺麗な蘭さんなら私の望みを叶えてくれると信じていますからね】

清花おばあ様の望み……妊娠することだ。

清志郎さんに愛されるようになったが、そのことを書くのはためらわれ返事に困る。

日本はまだ朝の四時過ぎだ。メッセージを送るのは明日にしよう。

スマホをサイドテーブルに置いて洗面所へ行きドライヤーをかけていると、階下から上がってきた清志郎さんが髪を乾かしてくれる。

ブルーのサテンのパジャマは下だけで上半身裸だ。

彼はさっきまでプールで泳いでいた。見慣れたけれど、まだ注視できない。

下のシャワールームを使ったばかりのようで、清志郎さんの黒髪も濡れている。

「蘭の髪は手触りがいい」

「そういえば、こっちは硬水でフィニッシングスクールのときごわついた感じだったのに……」

ヨーロッパの水は硬水が主で、中に含まれているマグネシウムやカルシウムで髪がごわごわしてくる。それがカンヌに来てから、いつの間にか指通りがよくなっている。

「軟水器を入れているからだ」

「そうだったんですね。やっぱりこの家は素晴らしいです。あ、ありがとうございます。私が清志郎さんの髪を乾かします」

ドライヤーを受け取り、腕を伸ばして髪に風をあてるが、私と二十センチ以上身長差があるので頭のてっぺんがちゃんと乾かせない。

ぴょんぴょん跳ねながらドライヤーを使っていると、清志郎さんが楽しそうに笑う。

「それじゃ、ラピーヌだな」

「ラピーヌ……うさぎですね？」

「そう、俺のうさぎが疲れないようにしよう」

意味がわからずキョトンとなっているうちに、私の体が持ち上げられて洗面台の大理石のスペースにのせられていた。

「これで届くだろう」

「ふふっ」

目線が一緒になって、彼の頭のてっぺんにも熱風をあてられる。

黒髪に指をすべらせてほぼ乾いたのを確かめ、ドライヤーのスイッチを切る。

「終わりました」

ドライヤーは清志郎さんが受け取ったが、閉じていた脚の間に彼の腰が割り込む。

そして熱情を秘めた瞳で見つめながら顔を近づけさせ、私の唇に唇を重ねる。

抱き上げられてベッドルームへ歩を進めベッドに寝かされる。それから清志郎さんも隣に体を横たえ、私の首の下に腕を差し入れた。

腕枕をされて清志郎さんの精悍な顔を見つめる。

「綺麗な瞳に俺が映っている。あまり見すぎると襲うぞ。今日は体調を考慮しているというのに」

ずっと清花おばあ様のメッセージが頭にあり、聞くタイミングがあったらと思っていたのだが、言葉にできないでいる。

「どうした？」

するどい清志郎さんはおでこにキスをして尋ねる。

「あの……お聞きしたいことが」

「聞きたいこと？　なんだい？」

「……赤ちゃんのことはどう思っていますか？」

一分ほどだろうか、清志郎さんは沈黙したのち口を開く。その間、なにを言われるのか不安だった。

「子どもは欲しいが、今すぐに、とは考えていない」

「それはどうして……？」

「すぐに妊娠したとして、十一月の結婚式のとき体調面はどうだろうか？　悪阻《つわり》は人それぞれだと聞いているが、もしかしたらひどいかもしれない。そんな状態で結婚式を挙げるのはベストだと思う？」

「清志郎さんの考えもわかります。でも――」

彼は私の唇に人さし指を置いて遮る。

「祖母にプレッシャーをかけられているんだろう？　すまない。祖母の希望はもちろん叶えたい。だがまずは、結婚式を万全の体調で挙げよう。一生に一度のことなのだから」

清志郎さんの気持ちはうれしい。

今妊娠したら、ウエディングドレスも決めているものが着られなくなるかもしれない。大事な結婚式は思い出に残るものにしたい。そう思うのに、清花おばあ様の顔を思い出して不安な気持ちに襲われる。

結婚して一年以内に妊娠しなければ別れなければならない。

清志郎さんが愛してくれているのだから私を手放さない。そう信じているが、清花おばあ様は跡継ぎについてかなり切羽詰まった様子なのだから、別れさせられるのではないかと思うと怖い。

期間内に妊娠できるかどうかわからないので、できれば避妊をせずに愛し合いたい。

「蘭？」

「え？」

考えに耽ってしまい、名前を呼ばれてハッとなる。

「祖母のことは俺に任せてほしい。いいね？」

「……はい」

もっと楽観的にならないと。私たちは健康体なんだから、清花おばあ様の期待に応えられる。

どこかで着信音が鳴っている……。

それが自分のスマホからだと気づいたのは十秒ほど経ってからで、清志郎さんの腕の中でビクッと体が跳ねる。

「蘭のスマホだ」

時刻は三時三十分を過ぎたところだ。

「起こしてしまってごめんなさい」

こちらへ来てスマホが電話着信をしたことはない。誰だろうとサイドテーブルに置いたスマホを手にしてみると、父の名前が画面にあって、慌てて体を起こして通話をタップする。

日本は午前十時三十分、平日なので父は仕事中のはず。

「もしもし、お父さん？」

《蘭、母さんが倒れた》

「お母さんが⁉　どういうことですか？　病気？」

心臓がドクドク嫌な音を立て始める。

《脳梗塞《のうこうそく》だ。今は予断を許さない状態だ。今すぐ帰ってきなさい》

「脳梗塞⁉　す、すぐに帰国します」

《ああ。気をつけて帰ってくるんだ》

体がショックで震えてきて、スマホを持つ手が震えている。

「蘭、お母さんが脳梗塞の連絡なんだね？」

言葉にならなくてコクコクうなずき涙があふれ出てくる私を、清志郎さんが抱きしめてくれる。

「……か、帰らないと」

「フライトを確認する。たしか朝のフライトがあったはずだ。蘭は支度をして。荷物は必要なものだけを用意するんだ。蘭、こんなときに落ち着けないだろうが、お母さんは大丈夫だと強く思うんだ」

清志郎さんは私を床に立たせて荷物が置いてあるゲストルームに連れていくと、書斎へ下りていった。

私が荷物の準備をしている間に、彼はコート・ダジュール空港を六時に発つフライトを予約してくれた。シャルル・ド・ゴール空港を経由して羽田空港へ向かう。

「最短のフライトだ。俺も行きたいがすまない、仕事を片づけたら追いかける」

「すまないなんて思わないでください。用意していたら落ち着いてきました。ひとりで大丈夫です」

取り急ぎ必要なものを大きめのバッグに入れた。

機内で過ごしやすいTシャツとしわになりにくいスカートに着替えを済ませると、

四時三十分になっていた。

清志郎さんが鍵の束と私のバッグを手にする。

「タクシーで行けますから、清志郎さんは寝ていてください。お仕事に影響があります」

「寝ていたし、これくらい問題ない。コート・ダジュール空港までしか送れないが。行こう」

「ありがとうございます」

背に手を置かれて玄関へ促され、車に乗り込んだ。

八、別れる決心

清志郎さんとコート・ダジュール空港で慌ただしく別れてから、飛行機に搭乗した。シャルル・ド・ゴール空港に到着して約二時間後、羽田空港に向けて離陸。ここから十三時間以上かかる。

機内の中でまんじりともしない時間が過ぎていく。ただ一刻も早く母のもとへ、母に会いたい、その気持ちしかなかった。

母を思い急に涙が出てくるが、清志郎さんが予約してくれたのはファーストクラスで周りに見られることもなくハンカチを濡らせた。

Ｗｉ－Ｆｉが使えるので、清志郎さんへファーストクラスに乗せてくれたお礼と、着いて母の状態がわかったら知らせると連絡をした。

母の病気を聞くのならスマホのメッセージをほとんど打たない父よりも兄の方が早いかと思い送ってみたが、既読がつかず返信がない。

とりあえず父にも早朝着く旨を送っておこう。

脳梗塞自体、脳の病気ということくらいしかわかっていなかったので調べる。

脳の血管が詰まり、その先の細胞が死んでしまうことで、よくなっても片方の手足の痺れ、ろれつが回らない、言葉が出てこないなどの後遺症が残る可能性がある。

父は予断を許さないと言っていたから、どうなってしまうのだろうか……。

兄は返事をくれなかったが、父から一般病棟に移せそうだとメッセージがあった。

ということは、命の危険はないのかもしれない。

羽田空港に到着し入国審査を済ませ、タクシーで江戸川区の自宅に到着したのは朝の七時過ぎだった。

途中、清志郎さんに無事に着いたとメッセージを送った。

タクシーから一歩外に出ると、湿度の高い肌にまとわりつくような空気に包まれる。

キーケースを出して玄関の鍵を開けた。

「ただいま戻りました」

パンプスを脱いでいるところへ、スーツ姿の父がリビングから現れた。

「おかえり」

「お母さんはどうですか？」

表情がいつも以上に厳しいので、なにかあったのではないかと不安になる。

「昨晩一般病棟に入ったときには目を覚ましていなかったんだ。まだなんとも言えないが、倒れてからの処置が早かったからひどい後遺症にはならなそうだと」

それを聞いてホッと胸をなで下ろす。

「よかった……」

「早かったな。いろいろ大変だっただろう。面会時間は二時からだ。それまで休むといい」

すぐに病院へ行けないと知ってがっかりしたが、まずは父の世話だと口を開く。

「お父さん、朝食は？　まだだったら作ります」

リビングに歩を進めてみると、ダイニングテーブルは新聞紙やカップ、コンビニのお弁当の容器で散らかっていた。

「ああ。まだだが、すぐに出かけなければならない。病院で会おう」

「わかりました。あ、誠兄さんは？　メッセージを送っても既読にならなくて」

「誠は……今忙しくて数日泊まりなんだ。では支度をしたら出かける」

「はい」

父はリビングを出ていき、テーブルの上の物を片づけていると書斎のドアの開閉音が聞こえて玄関へ向かう。父がビジネスシューズを履いているところだった。

見送ってからリビングへ戻り、片づけを再開する。一日でリビングはひどい状態だ。

お母さんがいないと家は散らかりっぱなしになるのね。

母のことが心配で気もそぞろだが、面会時間になるまで会えないのなら仕方ない。

掃除機をかけ、キッチンで洗い物を済ませてから、バッグからスマホを取り出す。

カンヌは日付が変わる頃だ。

清志郎さんからのメッセージが入っているか確認する。

【おつかれ。機内にいるときも心配でつらかっただろう。一緒にいてあげたかった。行ける日がわかったら連絡する。またお母さんの病状を知らせてくれ】

清志郎さんからの優しいメッセージに胸が熱くなって、すぐに会いたい気持ちに襲われる。

会いたいが、仕事が忙しい彼に来てもらうのは申し訳ない。でも、この状態ではいつカンヌに戻れるかわからない。

重いため息が出る。

スマホをテーブルに置いてすぐ着信音が鳴り響く。

大学時代の友人、真理だった。

帰国したことを知るはずもないのに偶然もあるものねと、通話をタップする。

「もしもし、真理。久しぶり」
《今、カンヌは……夜中よね？　電話かけちゃってごめん》
どうしたのだろう。いつもはきはきしている彼女が躊躇したような声色だ。
「ううん、さっき日本に戻ってきて自宅にいるの」
《じゃあ、知って帰国したのね？》
「え？　知ってってなにを？　お母さんが昨日脳梗塞で倒れて急遽戻ってきたの」
《お母さんが⁉　脳梗塞って……病状は？》
真理は驚いている。
「とりあえず一般病棟に移されたって。発見が早かったから対処もできたと。どうしたの？　なにかあるのなら言って？」
彼女がなぜ電話をかけてきたのか気になる。
《う……ん、じつはお兄さんのことがネットニュースに出ているの》
「誠兄さんのこと？」
《そう。詳しくは書かれていないんだけど、三澤議員の秘書をしている息子が、友人やサラ金に多額のお金を借り入れて問題になっているって》
「お金を⁉」

真面目でとくにお金にも困っていなかった誠兄さんが……？

信じられなかった。

《URL送るから、ネットニュース見て。ごめん。余計なことかもしれないと思ったんだけど、カンヌにいたらわからないかもって》

「ううん。教えてくれてありがとう。記事見てみる」

通話を切って、真理が送ってくれたURLからネットニュースを開く。

彼女が言った通りだった。内容は疑惑でしかないけれど、誠兄さんは連絡がつかないし、もしかしてお母さんの脳梗塞はこのことが原因で……？　ううん、脳梗塞はショックで起こる病気ではないはず。

誠兄さんは今どこに……？

不安と困惑で父に連絡をして聞きたかったが、顔を合わせたときになにも言ってくれなかったのは話したくなかったからかもしれない。

病院で会ってからにしよう。

二階に上がり自室へ入る前、誠兄さんの部屋を覗いてみる。ドアを開けた瞬間、あまりの散らかりようにあぜんとなる。

誰かに荒らされたみたいに物が乱雑に散らばっている。

誠兄さんは几帳面だったのに、どうして？

十四時に父から教えられていた大学病院へ到着し、入館手続きをしてから病室へ向かう。

母は個室に入院しており、どんな状態なのだろうかと、不安でドキドキが静まらないまま病室に入った。

母は眠っていた。細い腕に点滴の管がつながっている。目を閉じているが、顔が腫れているのがはっきりわかる。

その姿にショックを受けて泣きそうになる。

そこへ父が現れた。表情は厳めしくて、誠兄さんのことを聞くのがためらわれる。

病室だし、母も寝ているので怒鳴りはしないだろう。

「母さんは寝ているのか」

「はい……。お父さん、聞きたいことがあります。誠兄さんのことがネットニュースに載っているの。知っていますか？」

おそるおそる切り出すと、意外にも父は隅にあるソファを示し「座ろう」と言った。

ふたり掛けのソファに父が座り、ひとり掛けに私は腰を下ろす。

「ああ。今朝話そうと思ったが、母さんのこともあるからショックを受けさせると思って言えなかった。誠は仮想通貨の詐欺に遭っていたんだ。私たちもあきれたが、党の金がなくなって誠が疑われているんだ」

「そんな……誠兄さんはどこにいるの？　いったいいくら党のお金が？」

「一億だ。誠は党で事情を説明している」

その金額に驚愕した。

「私は誠が着服したとは思っていない。だが、仮想通貨での失敗により金が必要だったから着服したのだろうと噂が立ってね。とにかく今は調べている段階だから、お前は母さんのことだけ頼む」

「はい……私も誠兄さんを信じます」

「誠のせいで私は辞職しなければならないだろう」

父は悔しそうに顔をゆがめる。

「お父さん……」

肩を落とす父を見るのはつらい。

ふと母の方へ視線を向けると、手が動いた気がしてソファを立ってベッドに近づく。

母は目を開けていた。

「お母さんっ、私、蘭よ。わかる？」

「……ら、ん」

虚ろな目で一生懸命私を見ようとし、小さくうなずく母に安堵する。

「わかるのね？」

「か、え……って、きたの……？」

「うん。家は心配しないでね」

「ご……めん……なさいね」

謝る母に首を左右に振る。

「謝ることなんてないわ。家族だもの。心配で居ても立ってもいられなかったわ。早く会いたかった」

父が私の横に立った。

「誠のことは心配いらない。体を治すことだけ考えるんだ」

母は誠兄さんの件を知っていたのだ。これからどうなるのだろう。

ふと清花おばあ様の顔が脳裏に浮かぶ。

黙っているわけにはいかない。

兄が疑惑をかけられ、父も議員を辞職しなければならないかもしれない。そんな汚点のある私を、東妻家の嫁として受け入れられないのではないだろうか。

父は出かけるところがあると言って病院で別れて、私も帰路に就いた。父がいつもは見せない疲れた顔をしていたので心配だ。

そこへ久子さんから代理でメッセージがあり、清花おばあ様が明日来るようにとのことだった。

私の帰国を知っているということは、清志郎さんから聞いたのかもしれない。けれど、突然の呼び出しは兄の事件を話すまでもなく知ったのだと推測する。

十時にお伺いいたしますと、メッセージを送った。

誠実に話してわかってもらえるようにしなければ。

いろいろ考えなくてはならないことが多いが、誠兄さんの部屋のベッドだけでも寝られる状態にしておこう。

ベッドを整えた後、買い物に行き夕食を作る。

父も帰宅し、煮魚とレバニラ炒めで食事をして、お風呂に入り上がるとぐったりだった。

誠兄さんの現状を知りたかったが、父の疲れた様子を見ていたら聞けなかった。

私も心身ともに疲弊している。

なんとか髪をドライヤーで乾かすが、清志郎さんがしてくれたことを思い出して胸がズキッと痛みを覚える。

戻りたい……清志郎さんに会いたい。

倒れ込むように枕に頭をつけると、疲れきったおかげで考える間もなくすぐに眠りに落ちた。


以前に東妻家へ来たのは、スイスに経つ前日だった。二カ月くらい前になる。

八月に入り外は酷暑だが、清花おばあ様に会うので、きちんとしたクリーム色の綿素材の半袖ワンピースを着ている。

長屋門の前に立ちインターホンを押してから返事があり、少しして久子さんが姿を見せる。

「蘭様、お暑かったでしょう。お母様の病気はいかがでしょうか?」

「久子さん、お久しぶりです。思ったよりもよくてホッとしています」

いつものように優しい久子さんに笑みを向けるが、緊張から私の顔は強張っている。

「清志郎様から清花様に、蘭様を気遣ってほしいと電話がありました」

そうだったのね。だから清花おばあ様は私を呼んだのかもしれない。まだ兄のことは知らないだろうか。だとしても、正直に話さなければ。

「蘭様はお疲れの様子ですが、一段とお綺麗になりましたね。清志郎様はお元気でしたか?」

「……清志郎さんは、はい。元気です。毎日プールで泳ぐのが日課のようです」

「それは素敵な日課でございますね。どうぞお入りください」

清花おばあ様のいる応接室へ向かう廊下を進みながら、心臓が口から出そうなほどドキドキしている。

これから話さなければならないことで、必死に平常心を保とうとしているが、足は震えている。

応接室の前へ到着した。

「清花様、おいでになられました」

「蘭です。失礼いたします」

声をかけてからドアを開けると、清花おばあ様はいつも座っている場所にいた。

涼しげな白群《びゃくぐん》と言われる白みがかった青色の着物を着て、姿勢正しく座っていた。

顔には笑みがない。もしかしたら、兄のことを知っているのかもしれない。

テーブルに封筒があるのが気になる。

「ご無沙汰しております。母の病で急遽帰国したので向こうのお土産がなく、申し訳ありません」

そう言って、昨日近所の和菓子店で買った菓子折りを久子さんに渡す。久子さんが出ていく。

「いいのよ。大変だったわね。お母様の病状はいかが？」

「脳梗塞でしたが、倒れたとき発見が早かったので大事には至らないようです」

「それはよかったわ。半身不随にでもなったら生活するのが大変になりますからね。清志郎さんからあなたをよろしくと連絡があったの。いつもは電話をかけてこないのに。仲よくなったみたいね？」

清花おばあ様の目が笑っていない。

「……はい。カンヌではよくしていただきました」

「そう……それは残念ね。お兄様のしでかしたこと、こちらで調べさせたの。大変なことをしたわね」

いつになく怒気をはらんだ声で、いっそう冷ややかな印象を受ける。でも、臆することなくちゃんと説明をしてわかってもらわなければ。

「お騒がせして申し訳ございません、ですが兄は潔白だと家族は信じております。状況をきちんと確認して――」

「蘭さん。お兄様を信じたいのはわかるわ。でも家族にもわからないことはあるのよ。お父様もこれで議員生命を絶たれてしまうわね。精力的に貢献なさっていたのに。本当に残念だこと」

返す言葉も見つからなかった。

清花おばあ様の目を注視できず、首を垂れる。

「私は栞ちゃんに夢の中で謝ったの。もうあなたを東妻家の嫁に迎えられないとね」

心臓にナイフを突き立てられたような衝撃を受けて、ビクッと体が跳ねる。

清花おばあ様の顔を見つめた。

「結婚式場はキャンセルしましたよ」

え……？　キャンセルを？

ギュッと心臓が鷲掴みされたように痛み、手が震えてくる。

「お願いします。清志郎さんを愛しているんです」

「蘭さん、私もとても残念なのよ。栞ちゃんにはこうなってしまって申し訳ないし、あなたは生まれた頃から見守っていた孫のような存在ですもの。素敵なお嬢さんになったと思うわ。でも、犯罪者の親戚は受け入れられない。もう二度と清志郎さんには連絡をしないでね。別の女性と結婚してもらいますから」

「おばあ様っ……！」

「受け取りなさい。三千万の小切手よ。少しは足しになるでしょう」

清花おばあ様は、話はこれで終わりとばかりにテーブルに置いてあった封筒を私に差し出した。


ぼうぜんとなったまま東妻家のお屋敷を出て、ただ手足を動かしているだけの人形みたいに歩き、気づけば駅だった。

小切手は置いてきた。受け取ったらすべてを受け入れたことになる。まだ自分の中で整理できていない。

私は兄の無実を信じている。でも証明できるのだろうか。

打開策がない以上、世間からは犯罪者だとみなされてしまう。そうなれば私は犯罪者の家族となり、清志郎さんのそばにいれば迷惑をかけてしまう。

もう彼の前から消えるしか道はない……。

清花おばあ様からは清志郎さんに連絡しないでと告げられたが、さようならは言うべきだろう。荷物も送ってもらわなくてはならない。

でも、今はちゃんと話せない。

愛しているのに、別れるなんて心は割りきれない。でもなによりも、東妻家と清志郎さんに迷惑はかけられないのだ。

ショックで頭が働かず精神も混乱し疲弊しているが、今は自分のことは後回しにして目先のことを最優先するしかない。

母が心配だし、しっかりしなきゃ。

そう自分を鼓舞して重い足を運ぶ。

いったん家に戻り、お昼を食べることにする。食欲は湧かないが、食べなければ倒れてしまう。

トーストにバターと砂糖をたっぷり振りかけてオーブンにセットする。

カロリーが高いので滅多に作らないが、脳を働かせるための糖も取れる。昨晩作っていたアイスティーで、流し込むようにして胃の中に入れた。

そのうち塩辛い水が口の中に入り、泣いていたことに気づく。

「う……っ、くっ……」

必死にこらえようとしても涙は止まらず、しゃくり上げながら号泣していた。

病院に着いたのは十六時近くになっていた。しばらく涙が止まらなくて、赤みと腫れが引くまで家を出られなかったのだ。

泣いても清志郎さんへの想いが募るばかりで、行き場のない気持ちで胸が激しく痛かった。

「お母さんっ」

病室へ入ると母は目を覚ましていて、上を見たままぼんやりしていた。

声をかけるとゆっくり私を見る。

「らん……、きて……くれた、のね」

「もちろんよ。遅くなっちゃった。ごめんね。痛いところはある？」

ベッドのそばの丸椅子に腰を下ろし、母の手を握ると握り返してくれる。反対の手はまだ点滴でつながれていた。

母はほんの少し頭を左右に動かす。

「よかった。顔の腫れが少し引いたね」

昨日よりも格段によくなってきているみたいで、胸をなで下ろす。

「まこ、とは……？」

「まだ会っていないの。お母さんは心配しないで。体によくないわ」

「せい……しろう……さん、と、うまく……いって……？」

憂慮する瞳に、視線が泳ぎそうになるがコクッとうなずく。

「うん。安心して。カンヌの生活はとても楽しかったの」

「はやく、もど……らないと……ね」

「そうだね。早く戻りたいから、お母さん、よくなってね」

会話は途切れ途切れだが、ろれつが回らないのではなさそうでよかった。

そこへ医師と看護師が現れ母のバイタルをチェックした後、医師は私に順調に回復していると話す。

体を起こせるようになったら、理学療法士や言語聴覚士とリハビリをすると告げられた。

「また明日も来るからね」と、母の手を握ってから病室を後にした。

二十三時過ぎ、寝ようとしてベッドに横になったところで枕もとのスマホがメッセージを着信し、ドクッと心臓が跳ねる。

おそるおそるスマホを見ると、清志郎さんだった。

メッセージを開くのがこんなにも怖いと思うなんて初めてだ。

震える指先で清志郎さんのアイコンをタップする。

【お母さんの病状はどうだろうか？　蘭の声が聞きたい。君に恋い焦がれている。まるで思春期の学生みたいな感覚だ】

声が聞きたい……。

うれしいが、早く連絡しなければ清志郎さんは日本へ来てしまう。

清花おばあ様からはまだ連絡がいっていないらしい。

こうなってしまっては、私は清志郎さんの妻になる夢はあきらめるしかないのだ。

そう思った瞬間、清志郎さんの電話のアイコンをタップしていた。

彼はまだ仕事中だろう。

数回呼出音が鳴って清志郎さんの声が聞こえた。

《蘭、声が聞きたい俺の望みを叶えてくれたのか》

心地よい声が耳をくすぐる。

「……お仕事中ですよね？　ごめんなさい」

《謝る必要なんてない。日本は夜の十一時だろう？　寝る前にかけてきてくれてうれしいよ》

「あの、私……」

その次の言葉が出てこない。

《どうした？　なにかあったのか？　お母さんの病状がよくない？》

「……清志郎さんとは結婚できません。カンヌにも戻りません」

目頭が熱くなって、嗚咽をこらえる。

《ちょっと待ってくれ、いったいなにを言っている？　結婚できないとはどういうことだ？》

私の声から冗談ではないとわかったのだろう。清志郎さんの声が荒々しく耳に響く。

「もう東妻家にはふさわしくなくなったんです。詳しくは……清花おばあ様から聞いてください。荷物はお手数ですが送ってください」

冷たく聞こえればいい。

《東妻家にふさわしくない？　祖母となにかあったのか？　言ってくれ》

「清志郎さん、荷物をよろしくお願いします」

そう言って無理やり通話を終わらせ、電源を落とした。

「う……ううっ……」

枕に突っ伏して嗚咽をこらえる。

今はつらいけれど、いつかはこのつらさも消える。

今までは幸せで愛に包まれた夢を見ていたのだ。

明日から現実をしっかり受け止めて生活をしなければならない。

やらなければならないことはたくさんある。

そう自分を納得させてもあふれる涙は止まらなかった。


翌朝、目を覚まして起き上がろうとしたが目眩《めまい》がひどく、横になって瞼を閉じる。

疲れきっているのに、明け方まで眠れずに睡眠時間は二時間ほどだ。そのせいで目眩がひどいのだろう。

父の朝食を作らなければならないので、なんとか体を起こして着替えると、階下へ行き料理を作った。

テーブルに朝食を運び終えたところで、スーツを着た父が現れた。

「おはようございます」

「おはよう。昨日、母さんのところへ行ったんだろう？　どうだった？」

医師に言われた内容を話す。

「そうか……後遺症がなく今後の生活に支障ないのを祈るばかりだ。家族もそうだが、本人が一番つらいからな。私も今日会いに行く」

以前は厳格で接しづらかった父だが、会話しやすくなっている。

「誠兄さんはどうなっていますか？」

「記者の接触を避けるためにホテルで寝泊まりさせている。蘭には迷惑をかけてしまったな。清志郎君にも申し訳ない」

「……清花おばあ様から婚約破棄を言い渡されました」

「なんだと？」

父は驚いた後、眉間がギュッと寄せられた。

「誠兄さんのことは信じています。ですが、証明できない以上は……」

「ああ。誠は着服の罪を着せられているに違いないんだ。ただ真犯人につながる糸口が見つからない……。蘭、すまない。清志郎君とうまくいっていたんだろう？　母さんから写真を見せてもらったが幸せそうだった」

涙がこぼれそうで返事はできなかった。

父が外出した後、部屋に戻りベッドに横になる。

今日の予定は母のお見舞いしかない。それまで眠って、体調を回復させなければ。

目を閉じると清志郎さんの顔ばかりが思い浮かんでしまうが、なんとか別のことを考えるといつの間にか眠りに落ちていた。

五時間ほど寝たおかげで目眩は治まり、十五時過ぎに病院へと到着した。

母と一時間ほど話をしたが、父はその時間内に現れなかった。

帰宅後、父から電話があり今夜は遅くなると言われた。

誠兄さんの件で、父もいろいろと大変な思いをしているのだろう。


翌日の午後も母の見舞いに向かう。病院の最寄り駅を出たところにあるフラワーショップでふと足を止めた。

ひまわりが生き生きと咲いていて、その姿に塞いでいた気分が少し浮上する。

病院によっては生花を禁止しているところもあるが、大丈夫かスマホで確認すると、鉢植えでなければ問題ないとあった。

お母さんに買っていこう。

店内に歩を進め、ひまわりを入れた花かごを用意してもらい、自宅用も欲しくなり同じような花材で花束を作ってもらった。

「お母さんっ」

病室に入って起きているのを確認してから笑顔で母のもとへ行く。心配をかけないように母の前では空元気を装うのが一番だと思っている。

「ま……あ……」

セロハンに包まれた花かごを母に見せると笑顔になる。少し引きつっているけれど、その表情が見られてうれしい。

「綺麗でしょう。こっちはお母さんに。家にも買っちゃったの」

「ほんと、うに、き……れい……」

母の目に入る棚の上に置いて微笑む。

「なんでも食べられるようになったら、好きなチーズケーキ買ってくるからね。あ、それとも久しぶりに焼こうかな」

「うれし……い、わ」

他愛もない話をしばらくして、家に買った花束を抱え「また明日ね」と言って病室を後にした。

面会用の出入口から外に出て、抱えているひまわりへ視線を落とす。

喜んでもらえてよかった。今日の母は昨日よりも元気になっているように見えた。

快方に向かっている母の姿に安堵しつつ病院の建物に沿って敷地を歩いていると、

突然手を掴まれて、心臓が止まりそうになるくらい驚いた。

掴んだ手の持ち主へ顔を向けると、スーツ姿の清志郎さんが立っていた。

端整な顔はしかめられている。

「清志郎さん……」

彼の姿に息をのみ、抱えていた花束がドサッと地面に落ちる。

私を見つめる瞳を注視できなくて顔をそむける。

「蘭、顔色が悪い。ここ数日で痩せたみたいだ」

清志郎さんは花束を拾ってくれ、そのまま持っている。

「そんなことないです」

ちゃんと話をしなければと思うのに、目と目が合ったらすがってしまいそうできつく言い放つ。

「花束を……ください」

手を差し出すが渡されずに、彼は駐車場に向かって歩き出し、腕を掴まれている私も仕方なく足を動かす。

大股で歩く彼についていくにはほぼ小走りだ。

「清志郎さん、手を離してください。話すことはないんです」

「俺にはある。話すことがなければ、黙って俺の話を聞けばいい」

そう言って、グレードが高い黒の国産車の横で立ち止まる。

「乗って」

助手席のドアを開けられ促される。

一度は話をしなければならないのは充分承知している。彼はわざわざカンヌから飛んできたのだ。多忙なのに日本へ来させてしまい、申し訳ない気持ちがある。

黙って助手席に座った。

花束が膝の上に置かれ、清志郎さんは車の前を回って運転席に来る。

エンジンがかけられ、病院の駐車場から車は出庫した。

走り出したが、彼は無言で運転をしている。

運転中は話し合いたくないのだろう。そうわかっていても居心地の悪さは否めない。

どこへ行くのだろうか……。もしかして東妻家に？

だが、車が止められたのは東京駅近くの最高級ホテルのエントランスだった。

ドアロックが解除されると、外側からドアマンにより開けられた。

「いらっしゃいませ」

丁寧に挨拶されて、頭を軽く下げ車外へ出た。

運転席から降りた清志郎さんは車の鍵をドアマンに渡すと、私の肩に腕を回してロビーへ歩を進め、エレベーターに乗る。

グングン上昇する小さな箱にふたりきり。緊張感が増してきて、抱えていた花束をいつの間にか押しつぶしそうなくらい力が入る。

最上階で止まった。

落ち着いた深緑の絨毯《じゅうたん》の敷いてある廊下を進み、大きなドアの前で足を止めた清志郎さんは鍵を開けた。

六畳ほどの空間がありペルシャ絨毯や壁に絵画、壺などの調度品が置かれている。

スイートルームのようだ。

その先のドアを開けると、広々としたリビングだった。一面の窓から青空が見える。

東妻家に泊まっていないの？

「あ、あの……」

手に届く位置にあるチェストの上に花束を置き、振り返って清志郎さんと対峙しようとしたとき、背後から強く抱きしめられた。

「車の中ではすまなかった。大事な話は落ち着いてからしたかったんだ」

黙っていたのはやはりそういうことだったみたい。

「祖母から聞いた。お兄さんの件、大変だったな。それなのに祖母がひどいことを……」

「兄の無実の罪を晴らせないことには、清花おばあ様がああおっしゃるのも仕方がないです」

古くから栄えてきた東妻家に、汚点のある嫁を迎えるわけにいかないのは理解している。

「だが、俺は婚約破棄する気はない」

「え？」

驚いて彼の腕の中で向きを変え、困惑する瞳で漆黒の瞳を見つめる。すると、清志郎さんはふっと笑みを漏らす。

「俺が助けるから。愛している。君を絶対に手放さない」

「だ、だめです。私はもう東妻家にふさわしくなくなったんです。清志郎さんの気持ちはうれしいです。でも、清花おばあ様の気持ちもわかりますし、あなたは別の女性と結婚した方がいいんです」

彼の腕の中で大きくかぶりを振る。

「蘭は俺を愛していなかったのか？　愛しているフリをしていたのか？　そう簡単に

俺から離れられるのか？」

傷ついたような声が降ってきて、ハッと顔を上げる。

違う。そう言いたいけれど、肯定すれば清志郎さんは納得してくれるかもしれない。

「そうです。最初から……。おばあちゃんの希望で許嫁にされて迷惑でした。でも、東妻家の財力ならいいかと。それとあなたのステータスに。驚くほどリッチで――」

「やめるんだ。そんな話し方は君に合わない」

私の言葉に怒る様子もなく、清志郎さんは冷静さを失わない。

「本当のことです。私はあなたが思っているような女じゃないんです」

「蘭、それなら俺に抱かれるのも演技だったってわけか？」

「そ、そうです。もうわかったでしょう？　これ以上話をしても無駄です。帰ります」

清志郎さんから離れ出口に向かって一歩踏み出したが、腰に腕が回りうしろに引かれた。

「きゃっ」

「まだ話は終わっていない。俺に惹かれていないというのなら、間違いだったと言わせてみせる」

次の瞬間、抱き上げられていた。

「は、離してください！」

「だめだ。俺に抱かれるのが演技なのか見せてもらおう」

「なにを言ってるんですか！」

足をバタつかせる私を物ともせず、奥へ向かう。

着いた先はベッドの上だった。

純白のリネンの上に下ろされ、逃げる間もなく両腕を押さえつけられ組み敷かれる。

視線を外さずにゆっくりと、無表情で端整な顔が近づいてくる。

「だ、だめです」

唇に触れそうになった瞬間、顔をそむける。清志郎さんの唇が頬に触れた。

「だめ？　嫌とは言わないんだな」

ふっと口もとを緩ませる。

「たまたま、です。お願いです。こんなことをしても、もう私たちは別の道を行くんです」

「別の道じゃない。同じ道だ。言っただろう？　俺は蘭を絶対に手放さない」

当惑しているうちに彼の唇が首筋に触れ、ビクッと体が跳ねる。

「お願いです。やめて……」

清志郎さんに抱かれたら別れる決心が鈍るし、幸せな夢を見てしまう。

手放さないと言ってくれるのはうれしいが、清花おばあ様は私を清志郎さんの妻になるのを許さない。

首筋から喉もとに唇が移動して舌でなぞられ、こんな気持ちなのに体の奥が疼いていく。

ふいに長い指が私の顎を掴み、正面を向かされた。

清志郎さんは熱情をはらんだ瞳で見つめ、唇が触れ合いそうになるほど近づける。

「かわいい蘭。愛している。俺に任せるんだ」

必死にほだされないとがんばっていたのに、〝愛している〟のひと言で覆されてしまう。

じわっと目頭が熱くなっていく。

「ど、どうして、そこまで……。私を捨ててほかの女《ひと》と結婚した方が平穏に済まされるのにっ」

涙腺が決壊して大粒の涙がシーツを濡らす。

「蘭……」

ふいに清志郎さんは私の背に腕を回し、上体を起こした。

彼の唇が頬に伝わる涙を吸い取るようにあてられる。

「も、う……どうしたらいいのか、わからない……」

「俺を愛していると言えばいい。それだけだ。平穏なんて俺は望んでいない。俺がしたいのは蘭、君を幸せにすることだ」

「……清志郎さんっ！」

彼の首に腕を回した瞬間、強く抱きしめられ、おでこに唇が落とされる。

「愛していると言ってくれないのか？」

もう抗えない。どんな困難が待っていても、清志郎さんから離れたくない。

「清志郎さん……愛しています。生涯愛する人は清志郎さんだけ」

「それでいい。蘭、愛している」

甘い瞳で言葉にした唇が、どちらともなく重なる。

「んっ……」

やんわりと啄むような優しいキスからしだいに情熱的なキスに変わっていき、私たちはお互いの服を脱がしていく。

最後に愛を交わしてから一週間も経っていないのに、ずいぶん時が経った感覚だ。

清志郎さんに抱かれるのは至極の時間で、私たちは相手を満たすことだけしか頭になかった。

疲れきって眠ってしまい、ハッとなって目を覚ますと部屋はオレンジ色の明かりに包まれ、窓の外はすっかり暗い。

サイドテーブルにあるデジタル時計は二十一時になろうとしている。

「あ！」

父に連絡を入れていないので心配しているかもしれない。

隣に清志郎さんの姿はなくて、ひとり掛けの椅子の背に無造作に置いてある服を身に着けてから彼を探す。

清志郎さんはリビングのソファで電話中だった。

私の姿を見て通話を終わらせると立ち上がり、こちらへ歩を進めてくる。

「なぜ着替えを？」

そう言う清志郎さんもカジュアルなTシャツとジーンズ姿だ。

「お父さんに連絡していないので心配しているかもしれません」

腰を抱くようにソファに促されて座らされる。清志郎さんも隣に腰を下ろした。

「連絡しておいた。泊まることも伝えてある」

「驚いていなかったでしょうか？　破談だと伝えてあったんです」

「事情を説明したから安堵していたようだ。明日、お兄さんの件は弁護士を通じて処理する」

「兄の件を？」

「言っただろう？　俺に任せておけばいいと」

清志郎さんは麗しい笑みを浮かべる。

「大丈夫だから。それよりもおなかが空いただろう。レストランへ行こうか。それともルームサービスにする？　前にも言ったセリフだな」

ロンドンのホテルでのことを思い出す。

「ルームサービスがいいです。ふふっ、これも同じですね」

「ああ。ではメニューを決めよう」

清志郎さんはソファから立つと、メニューを取りに行き戻ってきた。

「まだ浮かない顔をしているな」

そう言って軽く鼻をつままれる。

「清花おばあ様が気になって……」

「明日話をしてくる。蘭は来なくていいから。終わったらお母さんのお見舞いに一緒に行こう」

清花おばあ様を説得するのだろう。でもひと筋縄ではいかないはず。

「私も一緒にいきます」

「蘭……俺に任せておけばいいんだ」

「私たちのことですから」

首を左右に振ってそう言うと、清志郎さんはふっと笑みを漏らす。

「真面目だな」

「私は清花おばあ様とも険悪になりたくないんです。子どもの頃からお世話になった、祖母のような存在ですから。お願いします。私も連れていってください。できるだけ誠意を持って接して、わかっていただきたいんです」

「……蘭、すまなかった。俺が子どもだったせいだ。跡継ぎ、跡継ぎと言われて反抗心もあったんだ。君の今までの気持ちを考えると胸が痛い」

「清志郎さんの気持ちはわかります。八歳も年下の子どもが許婚になったのですから、できるだけ会わずにいたいと思うはずです。でも、今が最高に幸せですから、過去はまったく気になりません」

「ありがとう。もっと幸せにする」

清志郎さんは私の両頬に手をあてると、唇を甘く塞いだ。


翌日、朝食を済ませて清志郎さんの運転で一緒に自宅へ戻る。

清花おばあ様に会う前にきちんとした洋服に着替えたかったのだ。

父は在宅で、清志郎さんが話している間に自室でベージュの小花があしらわれた半袖のワンピースを着る。

メイクも軽くして、落ち着いて見えるようにリップもベージュ系にした。

リビングへ下りていくとドアの向こうから笑い声が聞こえてきた。

ドアを開けてふたりのもとへ歩を進める。

「清志郎さん、お待たせしました。笑い声が聞こえましたが……？」

「蘭、清志郎君からクルージングをしたときの話を聞いていたんだよ」

父のやわらかい表情は久しぶりに見る。

「クルージングのとき……？」

それのなにがおもしろいのか、キョトンとなって清志郎さんを見る。

「最初、船酔いを認めなかっただろう？」

「それは、せっかくのクルージングなのに迷惑をかけてしまうと思って」

「彼女は愛すべき性格ですよ」

清志郎さんは父の前で堂々と口にし、私の方が恥ずかしくて顔に熱が集まってくる。

「……清志郎君、娘を愛してくれて心からうれしい。愚息のこと、迷惑をおかけして本当に申し訳ない」

父は膝に手をつき、清志郎さんに向かって深く頭を下げる。

「誠さんについてはお任せください。彼女のことも、私が必ず守ります。安心してください」

清志郎さんの言葉に父の目が潤む。

「娘を何卒よろしくお願いします」

もう一度頭を下げる父に胸が痛かった。

東妻邸の門前に到着すると、清志郎さんはスマホで誰かに連絡を入れる。二分ほどで門が大きく開かれた。

この長屋門が開門するところを見るのは初めてだ。ときどき見かける庭師の男性が入口で頭を下げている。

清志郎さんは車を敷地へゆっくり進ませる。

お屋敷の玄関前に久子さんが待っていた。

「清志郎様、蘭様、いらっしゃいませ」

車から降りた私たちに久子さんは丁寧にお辞儀をするが、憂慮した表情だ。

「祖母は？」

「応接室にいらっしゃいます」

彼は玄関で革靴を脱ぎながら尋ねる。

清志郎さんは紺のサマースーツを着ている。

「蘭」

手を差し出される。

その手を握ると、大丈夫だからというようにしっかり握られて応接室に続く廊下を進む。

前を歩く久子さんが応接室の外で「清志郎様と蘭様がお越しです」と声をかけた。

「お茶はいいから。三人だけで話をさせてほしい」

「かしこまりました」

久子さんが去っていく。

清志郎さんは応接室のドアを開けて先に入り、私も続く。すでに私の心臓は口から出そうなくらいバクバクと暴れている。

だが、しっかり対峙しなければ。

顔を上げて清花おばあ様へ深く頭を下げる。

彼は清花おばあ様の対面に腰を下ろし、私を隣に座らせる。

「清志郎さん、彼女を連れてきて。私の言葉を無視するのですか？」

蔑んだような瞳は私に向けられている。

痛いくらいの視線だが、勇気を出さなければならない。

「おばあ様こそ、蘭を俺の妻だと認めないのであれば、俺にも考えがあります」

考え……？

清志郎さんの言葉に驚いて、慌てて彼の横顔を見る。

清花おばあ様は驚愕した様子だ。

「考えとはなんなの？　代々続く東妻家よりも蘭さんを取るというの⁉」

「彼女の兄の件は俺に任せてください。すべて解決させてみせます」

「明るみに出たことが恥なのよ。まだ籍を入れていないのだから別れてほしいの」

「では、仕方ありません。おばあ様にはよくしてもらった恩がありますが、大事な女性《ひと》を絶対に、なにがあっても手放しませんから。そうなるとおばあ様の意に沿わないことなので、縁を切るしかないという結論に至りました」

彼がそんなことを考えていたなんて思いもよらなかったが、それではだめだ。

言葉を失っている清花おばあ様の体が心配になる。

泡を食ったような顔をしていて、今にも倒れるのではないかと憂慮する。

「清志郎さん、そんなことを言ってはだめです。あなたは東妻家にとって大事な人なんです。縁を切るだなんて、してはいけないことです」

「蘭、もちろんわかっている。だが、君を愛している。孫のようなすでに家族の一員の君を守らず、放り捨てようとしているおばあ様のやり方にはうんざりだ」

「清志郎さん、本気で……言っているのですか？　東妻家十八代目の次期当主になるのですよ？　この莫大な財産をあなたが受け継いでいくの」

ショック状態である清花おばあ様は、喉から振り絞るようにして声を出した。

「財産に興味はありません。金があっても彼女がそばにいなければ意味がない」

「私を脅すのね？」

清花おばあ様は気丈に言い放つが、表情は狼狽している。

「脅しているわけじゃないですよ。本心を言ったまで。跡継ぎというプレッシャーの中、おばあ様には反抗心を抱いて生きてきました。それでも、俺に対してだけならかわすこともできる。しかし妊娠は彼女の人生をかけたものです。なぜそんなに固執するんです？　親友の孫である蘭に、どうしてそんな非道なことが言えますか？　おばあ様が心から言っているならば、俺は望んで出ていきますから」

清花おばあ様はハッとした顔になってから目を伏せる。

「清花おばあ様、具合が……？」

心配になって尋ねると、綺麗に結った白髪のある頭を左右に動かし、しばらくして顔を上げる。

「……栞ちゃんの死を目のあたりにしてから、跡継ぎ願望が強くなってしまっていたの。蘭さんの感情を無視してごめんなさいね……栞ちゃんにも申し訳ない……私はあなたの祖母代わりだったのに……」

「清花おばあ様……」

素直な気持ちを打ち明けられ、目頭が熱くなり急いで首を横に振る。

「俺は蘭のお兄さんを信じてる。だからおばあ様、俺を信じてください」

「……ええ。無事解決することを信じます。蘭さん、いろいろ大変だったでしょう。これからもよろしくお願いしますね」

「清花おばあ様、こんな形で……申し訳ありません。受け入れてくださりありがとうございます」

言葉足らずになってしまったが、今は誠心誠意心を込めて頭を下げる。

「東妻家を賑やかにしてちょうだいね」

「おばあ様、それがプレッシャーなんです。では、これで失礼します」

清志郎さんは腰を上げ、私に手を差し出す。

「お昼を食べていって？」

清花おばあ様の誘いに、彼は首を横に振る。

「すみません。これからデートをするので」

デート……？

「そう。では蘭さん、いろいろありましたけど、これからは気兼ねなく遊びに来るのですよ」

「はい。ありがとうございます」

最初はどうなることかと思ったが、清花おばあ様が折れてくれたことで清志郎さんが東妻家と絶縁にならずに済んで心から安堵している。

清花おばあ様にとって清志郎さんは、きっと命より大事な孫だと思うから。

東妻家を出て、清志郎さんは車を走らせる。

「どこへ行くのでしょうか？」

「内緒だ」

運転をしながら、楽しそうに口もとを緩ませる。

「もうっ……でもいいです。楽しみにしていますね」

「疲れただろう？」

「精神的にぐったりです。私のために絶縁までしようとしてくださりありがとうございます。とでも言うと思いましたか？　私を大事にしてくれるのは本当に幸せでうれしいですが、清花おばあ様はもうかなりのお年です。そんな人にひどいことを言うなんて」

「蘭なら怒ると思っていたよ。だが、祖母を折れさせるには奥の手しかなかった。祖母は頑固だからな」

そう言ってから、今度は前を向いたまま破顔する。

「蘭も祖母に負けず頑固だからな」

「え？　そ、そんなに頑固では……」

いつそう思われることをしたのか、思いあたらない。

「君が別れると言ったとき、なかなかのものだったよ」

「あれは頑固というより、申し訳なさから別れなければならないと。それで、本気だったんですか？」

「ああ。本気だった。祖母もわかったから折れてくれたんだろう」

そんなに愛される資格が私にあるのだろうか。私も彼を精いっぱい愛そう。

「清志郎さんっ、見て！　サメです。あ、エイも。キラキラしてすごく綺麗ですね」

彼が連れてきてくれたのは品川《しながわ》にある水族館だった。

つながれた手の空いている右手で指をさす。

「こんな水族館初めてです。水槽がトンネルになっているなんて」

頭上をゆっくりサメが泳いでいく。水槽の中の生き物たちにとったら、私たちが見られているのかもしれない。

「俺はここに来たことはないが、都内に住んでいたのに蘭はないのか？　例えば男と」

歩を進めていた私は突として立ち止まる。

「私には生まれた瞬間から決められていた許婚がいましたから、誠兄さん以外の若い男性とほとんど話もしたことがありません」

「俺が蘭の最初で最後の男になるんだな。光栄だよ」

ふいに唇にキスをされて、周りの人に見られていないか焦る。

水槽のトンネルには私たちだけで安堵する。

「日本では人前でキスはしませんよ」

「知ってる」

しれっとわけ知り顔で笑う清志郎さんにあきれ、手を握ると歩き始めた。

イルカショーや数多くの海の生物を楽しんだ後、近くのレストランで食事をし、母の入院している病院へ向かった。

母は清志郎さんに会えてとても喜び、今日の話し方は昨日よりも流れがよくてうれしかった。

九、蜜月は続かず

「これで婚姻届は受理されました。おめでとうございます」

「ありがとうございます」

区役所の職員が手続きの終了を告げ、私は東妻蘭になった。

慌ただしい結婚になったが、私たちの気持ちは強く固まっているので清志郎さんが帰国する前に手続きをすることになったのだ。

昨日と同じく母を見舞い、ホテルのスイートルームへ戻ってきたのは十八時を過ぎていた。

リビングへ続く観音開きのドアを開けた瞬間、息をのんだ。

ひまわりをメインにした花々が咲き乱れている花かごが、通路をつくっていた。

「これは……」

花の通路はダイニングテーブルまで続いている。

「蘭が奥さんになってくれた日だから、記念になるような食事にしたんだ」

ダイニングテーブルの上には、ロンドンで食べたローストビーフなどの料理が並んでいる。

中でも美しくデコレーションされたケーキがテーブルに花を添えている。

「素敵です……清志郎さん、ありがとうございます。最高の旦那様です」

背伸びをして隣に立つ彼の首に腕を回し、唇にキスをする。

「喜んでもらえて俺もうれしい。そうだ、蘭。ちょっと待ってて」

清志郎さんはベッドルームへ入っていき、手のひら大の箱を持って戻ってくる。

箱はジルベルドのものだ。

「マリッジリングだ。左手を出して」

「カンヌから持ってきて……」

「ああ。蘭がなんと言おうと手放さないと決めていたからな」

左手の薬指にマリッジリングがはめられた。ダイヤモンドがプラチナリングの部分にぐるりと施されている。

エンゲージリングの上にはめられたので、重なり合ったことでいつもよりもまばゆい光を放っている。

「すごく……綺麗です」

清志郎さんは自分の左手を私に差し出して「俺にもはめて」と言う。

「はいっ」

彼のマリッジリングはダイヤモンドが入っていないシンプルなものだった。節のある薬指にリングを通し終えると、私の頬に手が置かれ唇を重ねた。

「よろしく、俺の奥さん」

「こ、こちらこそよろしくお願いします。いい奥さんになるようにがんばります」

「がんばらずとも、すでにいい奥さんだよ。食事にしよう」

清志郎さんは椅子を引いて座らせると、対面の椅子に腰を下ろす。

「ロンドンのホテルで食べたメニューをわざわざ作ってもらったんですね？」

ローストビーフやフィッシュアンドチップス、シェパーズパイ、クランブルまで同じで感動する。

涙がこぼれないうち、リビングの贅沢な花々に視線を向ける。

「……ひまわりを見ていると元気が出ませんか？」

「ああ。そう思う。来年の夏に咲くように庭に種をたくさん植えよう」

「はいっ、咲かせられたら素敵ですね」

カンヌの家の庭にひまわりが咲いているところを想像して、笑みがこぼれる。

「お母さんは順調に回復しているようだな。飛行機に乗れるくらいよくなったら招待しよう。冬も日本より過ごしやすい気候だから」

「ありがとうございます。お母さんも喜ぶと思います」

「乾杯しよう」

冷えたシャンパンをフルートグラスに注ぎ、軽くグラスを掲げて乾杯する。

乾杯後、清志郎さんが選んでくれた思い出のある料理を堪能した。


「ん、あ……、だ、だめっ……」

広いバスタブの中で背後から清志郎さんに抱き込まれ、胸や頂を愛撫されて、身をくねらせる。

「蘭は窓の外を見ているといい。綺麗だろう？」

東京の宝石箱のような煌めく夜景がバスルームから臨める。

「そ、そんな余裕なんてない、です。清志郎さんの顔が見たい」

「わかった」

振り返させられると唇が塞がれ、舌が口腔内を蹂躙《じゅうりん》していく。

濃厚なキスと、先ほど飲んでいたシャンパンのせいで全身が熱を持ったみたいになって、もっと……と、清志郎さんの髪に指を差し入れて体の向きを変える。

片手を髪に、もう片方の手のひらをなめらかで綺麗に筋肉のついた胸から腕にすべらせる。

頭の中は霞がかったみたいになっているけれど、彼が触れていく肌は敏感で体の奥が疼いている。

「清志郎さんが、早く欲しい」

清志郎さんは楽しそうに口角を上げる。

「酔っているだろう？」

「ふふっ。キスしちゃいますよ」

彼に抱きついて形のいい唇を舌でなぞっていく。

「酔った蘭もかわいいな。ベッドへ行こう」

バスタブを出て、ふかふかのタオルで体をまかれる。

彼の言う通り、ふわっとした感覚で酔っているみたいだ。

清志郎さんの首に腕を回すと、お姫様抱っこをされベッドルームへ連れていかれた。

婚姻届を提出した二日後、清志郎さんはカンヌへ戻った。

私は母の病状がよくなってから東京を離れる予定だ。

一週間後、誠兄さんの件は清志郎さんが依頼した仮想通貨詐欺に詳しい敏腕の弁護士が担当してくれ、犯人が見つかり、党のお金を着服した人物も捕まった。

誠兄さんは着服をなすりつけた犯人が近い関係の人物だったことにショックを受け、政界から離れたいと父に申し入れて離職した。しばらくは母の看病をしながら今後の生き方を見直したいと言っている。

すべてがいい方向に進んで、清志郎さんには感謝しかない。清志郎さんは跡継ぎの件で私にプレッシャーをかけないよう清花おばあ様に忠告していたが、私はできるだけ早く喜ばせてあげたいと思っている。

今日は朝からベイクドチーズケーキを焼いていて、キッチンの中はチーズと甘い香りが充満している。

母の食事が普通食に戻ったので、食べさせてあげようと考えキッチンに立ったのだ。

「焼けたわ」

オーブンから出して、ケーキクーラーの上に置いて冷ます。

綺麗な色に焼けたのでスマホで写真を撮り、清志郎さんに後で送ろう。今カンヌは朝の四時。早朝に泳ぐ習慣があるけれど、さすがにまだ寝ているだろう。睡眠中にメッセージを送って起こしたくない。

病院へ行く前、清志郎さんにチーズケーキの写真とメッセージを送ると、すぐに反応があった。

【おいしそうだ。戻ったら作ってくれる？】

彼の文面に笑みを深める。

【もちろんです。これからお仕事ですね。いってらっしゃいませ】

【いってくるよ】

清志郎さんがカンヌに戻ってから毎日、こんなふうに他愛もない会話をしていた。


「お母さんっ」

病室に入り、ベッドの上で体を起こし折り紙をしている母に近づく。

「鶴を折っているのね」

「ええ。指の運動になっていいのよ。けっこう折ったでしょう」

簡易テーブルの上には色とりどりの折り鶴が並んでいる。

言語もスラスラ出てくるようになって安堵している。

「この勢いなら千羽鶴も作れそう。あ、チーズケーキを焼いたの。食べる？」

「蘭が焼いてくれたの？　久しぶりね。もちろんいただくわ。ありがとう」

保冷バッグから容器に入れたチーズケーキとフォークを出す。母と私の分をそれぞれの容器に入れて持ってきた。

「いただきます」

母はフォークで小さく切って口に入れ、ゆっくりそしゃくしてから顔をほころばせる。

「おいしいわ。上手に焼けている」

「お母さんにはかなわないけどね」

そう言って私もチーズケーキを頬張る。

「そんなことないわよ。ねえ、蘭、もうそろそろ清志郎さんのもとへ帰りなさい」

「お母さん……」

「あと一週間ほどで退院できそうなの。誠がいるから私は大丈夫よ。病気で頭が回らなかったから、誠のせいで破談になりそうだなんて思っていなかったの。お父さんから聞いて。大変だったでしょう？　ひとりで悩んで苦しかったわね。ごめんね」

申し訳なさそうに瞳を曇らせる母ににっこり笑う。

「清志郎さんが……東妻家と絶縁してでも私と結婚すると清花おばあ様に告げたの。

きちんと和解したわ。だから悩んだのはほんの一瞬なの。お母さんもよくなってるし、清志郎さんのおかげで解決したし、今はとても幸せよ」

「蘭を産んですぐ、お義母さんから東妻家との縁談の話をされたときはどうなることかと思ったけれど、蘭を幸せにしてくれるお相手で本当によかったわ」

「うん。安心して。あ、体調がよくなったらカンヌに来てくださいって清志郎さんが」

「まあ、それは素敵ね。でも新婚さんの邪魔をしてしまうのも気が引けるわ」

からかう母に慌てて首を左右に振る。

「邪魔なんて。カンヌの家は広いし、とても居心地がいいの。街を散歩したり、マルシェへ一緒に行ったりしたいわ」

「じゃあ、清志郎さんにもう一度聞いてから招待してね」

「そうするね」

母はチーズケーキを完食してから、鶴だけではなく風船やカエルを折り、私も久しぶりの折り紙を楽しんだ。

八月の下旬、私は日本を離れて清志郎さんのもとへ飛んだ。

その前日の夜、真理と裕美に会い、今までのことを話し、彼女たちは安心して心から祝福してくれた。

金曜日の夜にコート・ダジュール国際空港に到着し、ロビーでは仕事終わりの清志郎さんが待っていてくれた。

久しぶりの彼の姿に胸が躍る。

「清志郎さん！」

キャリーケースを引いて駆け出す私を、彼が抱き留めてくれる。

「おかえり」

「ただいま、会いたかったです」

笑って「俺もだ」と言って、ちゅっと唇にキスが落とされる。

「家に帰ろう」

キャリーケースを引き取ってくれた清志郎さんと積もり積もった話をしながら、車へ足を運んだ。

清志郎さんが車を駐車場から出し、カンヌに向けて走らせる。

「明日、クルーザーに乗せてください」

「いきなりだな。船酔いは嫌じゃないのか？」

彼はおかしそうに口もとを緩ませる。

「日本から酔い止めを買ってきましたから。リベンジです」

「それなら大丈夫か。ＯＫ。明日はクルージングだ」

清志郎さんは快諾し、途中スーパーで食材を購入して帰宅した。

「そんなに経っていないのに、懐かしい感覚です」

ロックを解除してドアを開け、家に入ってぐるりと見渡す。

「実際は一カ月も経っていないが、俺には長く感じた。蘭が戻ってくるのを、首を長くして待っていた」

「私も。一年くらいに感じます。もう離れませんから」

清志郎さんの腰に腕を回して抱きつく。

「少し会わない間に、積極的になってくれたみたいだな」

「そ、そうですよ。ここは外国ですから」

「おもしろい理由だな。ともあれ、やっと新婚生活を送れる」

笑いながら軽くキスを落とされてから離れる。

「食材を冷蔵庫にしまってから、買ってきたお料理を用意しますね」

「手伝うよ」

野菜やお肉などが入ったショッピングバッグを持ってくれ、一緒にキッチンへ歩を進めた。

翌日、前回と同じようにサンドイッチと飲み物を保冷バッグに入れて自宅を出る。お揃いのデッキシューズを履いて、服装も同じだ。

酔い止めの薬を服用したが、初めて飲むので効いてくれるかわからず少し不安だけれど、日本にいるときもずっとクルーザーに乗れるのを楽しみにしていた。

酔い止めバンドも手首につけているし、きっと大丈夫。

清志郎さんはヨットハーバーの管理人の男性と親しげに挨拶を交わし、クルーザーに乗り込んだ。

今日の天気は雲が多いが、青空もあってまずまずだ。

潮風に乱されないように髪をふたつに結んで三つ編みをしている。そのヘアスタイルに清志郎さんは「女子高生みたいでかわいい」と笑う。

彼が操縦するクルーザーはゆっくりヨットハーバーから出航し、先日と同じコースへ向かう。

波のうねりもなく静かなせいか、酔い止めのおかげか、胃はまったく暴れていない。

「んー、気持ちいいですね」

昨晩はほとんど眠らせてもらえなかったので、気持ちよさと相まって瞼が落ちてきそうだ。

左手にサント・マルグリット島のごつごつした岩肌や石で固められた要塞や壁、緑も多い景色を通り過ぎ、クルーザーはゆっくり航行する。

振り返ると、カンヌの美しい街並みが眺められる。

「蘭、向こうに暗い雲があるだろう」

もう少し沖の空に、清志郎さんの言った通りの雲がある。

「あの下は雨が降っているみたいですね。大丈夫ですか？」

「通り雨だ。雨が降っても下へ行けば問題ない」

清志郎さんは、サント・マルグリット島のビーチで楽しむ人々からだいぶ離れた場所にクルーザーを停留させる。

少し離れたところに大型のヨットやクルーザーが停留し、海で遊んでいる人が見える。ビーチは所々が岩場で、海の透明度もありそうだ。

「船酔いはどう？」

「嘘みたいにないです。酔い止めとこれのおかげです」

長袖のブラウスの袖を少しまくって、手首の黒いバンドを見せる。

「そんなものが酔い止めに？」

「これがツボを押すみたいです。でもほぼ薬のおかげかと」

不思議そうに私の手首を持ち上げて見ている彼に微笑む。

「おなか空きましたよね？　そろそろお昼にしましょうか」

家を出たのが十一時を回っていたので、もう十二時になっている。

「ああ。ここで食べる？　それとも下のリビングで？」

「気持ちがいいのでここがいいです」

「ＯＫ。保冷バッグを持ってくる」

清志郎さんは操縦席を離れ、下の階に置いた保冷バッグを持って戻ってきた。

操縦席のうしろにあるテーブルに、野菜とチキンやＢＬＴのサンドイッチ、数種類のフルーツをカットした容器を置く。

「いただきます」

彼はＢＬＴのサンドイッチに大きくかぶりつき、味わうようにゆっくりそしゃくしてから口を開く。

「おいしいよ。蘭の手作りは最高だ」

「景色と空気のおかげでおいしいのだと思います」

私もサンドイッチを食べ始める。

ゆらゆら揺れているのも気持ちがいい。愛している人とのんびり、素敵な場所でデートしているのはひしひしと幸せを感じる。

食べ終えた頃、顔にポツと雨があたった。

「あ……！　雨！」

立ち上がった途端、ザーッと土砂降りの雨が降ってきた。

テーブルの上を片づけようとすると、清志郎さんに止められる。

「びしょ濡れになるから下へ」

「お天気雨ですよね？　これくらい平気、気持ちいいですよ。それにもう遅いです」

ふたりとも頭からずぶ濡れだ。

それがおかしくて笑いが込み上げてくると、抱きしめられる。その間にも雨は容赦なく私たちに降りかかっている。

清志郎さんが前髪をかき上げる。

「まったく……これがおかしいなんて年の差を感じるよ」

「年の差って、八歳しか違わないじゃないですか」

背伸びしてにっこり笑って顔を近づける。

「蘭は従順でおとなしい性格なのかと、出会った頃は思っていたが……」

「思っていたが？」

「まったく違う」

「清志郎さんは従順でおとなしい女性がいいんですか？」

首をかしげて見つめると、彼はふっと笑みを漏らす。

「いや、君は愛すべきかわいい性格で、相手を思いやる優しい心の持ち主だ。そんな君が愛しくてならない」

「清志郎さん……」

唇が重なるが、彼も私も雨で濡れすぎてぷっと噴き出し、顔を見合わせて笑う。

「下へ行こう」

「はいっ」

階段を下り、リビングに入る前に屋根のあるところで髪の毛や洋服の水滴を絞り、中へ入る。

「おいで。シャワーを浴びよう」

リビングの先にある階段を下り、シャワールームに案内される。

ふたりが入ると手を動かせないくらい狭そうだ。

「清志郎さんが先に入ってください。身動き取れなそうです」

「洗うわけじゃない。温まるだけだ」

そう言いながら私の服を脱がしていく。

「じ、自分で」

ブラジャーを外していると、清志郎さんはTシャツとハーフパンツ、下着も取り去り、一糸まとわぬ姿になった私とシャワールームに入った。

清志郎さんの体と必然的に密着し、温かいお湯が頭からあたる。雨で冷えた体が、じんわりと温まってくる。

彼の目に裸をさらすことにだいぶ慣れてきたが、密着しすぎて恥ずかしい。

そのとき、服がないことに気づいた。

「あ、着替えが……」

「乾燥機がある。二時間くらいで乾くだろう」

よかった。

「乾燥機まであるなんて、本当に素晴らしいクルーザーですね。でも二時間……」

「二時間なんてあっという間に過ぎる」

「え?」

キョトンとなったとき、シャワーのコックをひねる音がして止まった。

シャワールームを出て彼はタオルで水滴を拭ってから、私の体を大判のバスタオルで包んだ。

清志郎さんは着ていた服をドラム式洗濯乾燥機に入れて、スイッチを押した。

「ありがとうございます」

「さてと、二時間俺たちには着替えがない」

「バスタオルで大丈夫です」

「時間を有意義に使おう」

え?と思ったときにはお姫様抱っこをされ、数歩先のベッドの上に下ろされていた。

「こ、こんなところで……」

バスタオルが取れないように押さえている手がやんわりと外される。

「そう。時間は二時間と言わずにたっぷりある。蘭を愛させてくれ」

清志郎さんの唇が優しく唇を食み、甘い快楽の世界に誘う。

もてあそぶようなキスはしだいに激しいキスに変わり、バスタオルが取り去られた。

九月中旬、残暑はしだいに落ち着き、少し肌寒い季節になってきている。

清志郎さんのために食事を作ったり、掃除をしたり、買い物へ行ったりと毎日楽しく過ごしている。

今日はマルシェで新鮮な魚介類を買ったので、ブイヤベースを作り終えたところだ。

明日は魚介のエキスがたっぷり入ったスープでリゾットにしてもいいわね。

ほかにキャロットラペやベーコンと玉ねぎを入れたキッシュを作った。

もうそろそろ清志郎さんが帰ってくる時間だ。

玄関を入ってすぐの応接セットのテーブルやダイニングテーブルに、マルシェで買ってきた花を活けて飾ってある。

玄関フロアの応接セットのソファで、家計簿のように簡単に買ったものやメニューをノートに書いていると、車のエンジン音が聞こえてきた。

インターホンが鳴り、清志郎さんが玄関から姿を現した。

「おかえりなさい」

ソファから立ち上がり出迎えると、おでこにキスが落とされる。

「ただいま。ここにいたのか」

「ふふっ、こうしてすぐにおかえりなさいが言えますし」

「ありがとう。着替えてくるよ」

清志郎さんが階段を上がるのを見て、キッチンへ歩を進める。

ブイヤベースを温め、少し前に焼き上がったキッシュをホールごとテーブルへ運ぶ。

すべてをテーブルに用意したところで、Tシャツとジーンズに着替えた清志郎さんがやって来て、ワインセラーから白ワインを手に戻ってくる。

「蘭、明後日からアメリカへ十日間ほど出張することになったんだ」

「アメリカへ十日間……」

十日間もいないなんて寂しいが、仕事なので仕方ない。

「ひとりで大丈夫か？」

「もちろんです」

寂しいが空元気に笑顔を向ける。

「プールには絶対に入らないでくれ」

今は温水になっていて、清志郎さんが一緒のときしかプールで泳いでいない。というのも、もちろん以前足をつったからだ。自分がいないときに私になにかあったらと考えて、制限をかけられている。

「わかっています。安心して行ってきてください。温かいうちに食べましょう」

「ああ。いただきます」

白ワインを飲んだ後、取り分けたキッシュを彼は口に入れた。

「あ、そうだ。戻ってきたらこっちのチャペルでふたりだけの結婚式を挙げないか？　蘭のウエディングドレス姿が見たい」

清花おばあ様から別れるよう言われた後、結婚式場はキャンセルされた。和解した後で再度日程を組むよう清志郎さんは打診されたが、誠兄さんの件で世間が騒ついたこともあり、父から大々的な式は行わないようにと頼まれていた。

「ウエディングドレス、着てみたいです」

ドレスを着た経験はあるけれど、やはり純白のウエディングドレスで清志郎さんの前に立ちたい願望はある。

「では、そうしよう。当日はカメラマンにたくさん撮ってもらおう」

「結婚報告のハガキ送れますね」

「そうだな……でもふたりきりではやはり寂しいな。家族だけでも呼ぼうか。お義父さんは仕事があるだろうから、結婚式が終わったらお義母さんだけでも残ってもらってもいいな」

「聞いてみますね」

役所で婚姻届を出しただけでも幸せだが、ウエディングドレスを着てチャペルで誓い合うのは小さい頃から夢だった。

二日後、清志郎さんはアメリカ・金融街のあるニューヨークに飛んだ。

九月二十三日から十月二日までで、玄関の応接セットのテーブルの手帳に日付とニューヨーク出張と書いた。

これから十日間も会えないのは寂しいが、結婚式を楽しみに彼の不在を乗りきろう。

「いいお天気だし、数日間出かけないで済むようにマルシェに行ってこようかな」

白い長袖のブラウスにジーンズ、その上に身に着けていた黄色のエプロンを外して、トートバッグを持って家を出た。

歩きやすいように、マルシェへ行くときはスニーカーを履いて足取りも軽い。

一番のお目あてはミラベルというフルーツで、夏の終わりから秋にかけての短い時季にしか売られない黄色いプラムだ。三日前にマルシェで見かけ、まだ一度も食べたことがないが、調べたら甘味が強くおいしいらしい。

ほかになにを買おうかと考えつつ、マルシェへ行く道へ歩を進め、ふとショーウインドーに飾られているウエディングドレスが目に入り立ち止まる。

オーガンジーの生成りのウエディングドレスは、ふんわりと膨らんだスカート部分にパールが施されている。

素敵なドレス……純白もいいけれど、この生成りの色合いが綺麗で、チャペルや緑に映えそうだ。

スマホをトートバッグから出して窓越しに写真を撮り、その場で清志郎さんにメッセージを送る。

【今、マルシェへ行く途中ですが、ショーウインドーに素敵なウエディングドレスを見つけました。写真送りますね】

メッセージの後にたった今撮った写真も送った。

スマホをトートバッグにしまい、歩き出したところでバイクの爆音が聞こえてきた。

この街に似つかわしくない音に顔をしかめたとき、肩にかけていたトートバッグが強い力で引っ張られた。

すぐに、以前清志郎さんに注意されたバイクのひったくりだとわかった。

引っ張られるトートバッグを持っていかれないようギュッと腕の力を込めたとき、道路と歩道を分ける丸い鉄球みたいなものに足がぶつかり、体が前のめりになる。

その瞬間、強い衝撃で頭に痛みが走り意識を手放した。

ズキッとした頭の痛みで目を覚ました。

無機質な白い天井と薬品の匂い。

体が痛くて起き上がれず、思わず声を漏らす。

「ここは……」

「目が覚めましたか」

父くらいの年齢の男性が覗き込み、英語で言った。

「あ、英語わかりますか？　ここは病院です。あなたは日本人と聞きました。名前を言ってください」

「英語は……わかります。日本人です。ラン・ミサワです。私は……どうして……？」

体と頭の痛みに顔をしかめる。

目の端で誰かが近づいてくるのに気づいた。

「カトリーヌ……さん」

「ランさん、びっくりしたわ。母の見舞いに来たところへ、あなたが運ばれてくるのが見えて……」

あ……。バイクに乗った男にトートバッグを奪われそうになったことを思い出した。

医師がカルテになにかを記入して、指を一本立てて私の目の前でゆっくり動かす。

「目で追ってください」

言われるまま医師の指を追う。

「ありがとうございます。頭と体を地面に打ちつけたようなので、数日は痛むでしょう。MRIでは打撲だけで深刻な症状は見あたりませんでした」

「あ！　荷物は？」

大きな声を出すと頭がズキッと痛み、顔をゆがめる。

「盗まれた荷物は、警察が少し離れた路地で見つけました」

医師に支えられて体を起こすと、看護師がトレイにのったトートバッグを膝の上に置いてくれる。

それから制服を着たふたりの警察官が、医師とカトリーヌさんの反対側のベッドの横に立った。

「荷物を確かめてください。これがあなたのものだと、防犯カメラで確認済みです」

「はい……」

布のトートバッグの持ち手のひとつが破れている。こわごわと中を確かめる。

お財布とスマホがなくなっていた。

ショックを受けながら、被害届の書類に記入する。

私のけがは側頭部と左足の打撲、体が痛いのは地面に倒れたせいだと言われ、帰宅してもかまわないとのことだ。

鍵があってよかった……。

お財布には百ユーロ、日本円で一万五千円の現金しか入れていなかったのでクレジットカードなどは無事だ。

スマホを取られたのはすごいショックだった。フィニッシングスクールの写真がなくなってしまった。

「ご自宅まで送りましょう」

警察官に言われて胸をなで下ろす。

「私も一緒にいいですか？　付き添いたいので」

カトリーヌさんが尋ねる。

意地悪だった彼女の意外な言葉に、私は目を見張った。

疲れきったようなカトリーヌさんで、ブロンドの髪も艶がなくてボサッと感がある。

私の知っている彼女ではないみたい……。

「かまいません。ショックを受けているので付き添われた方がいいですね」

警察官の言葉にカトリーヌさんはにっこり笑い、それから私を見る。

「あのときはごめんなさいね」

なにを言っているのだろう……？　あのとき……？

だが、尋ねるのも億劫で「いいえ……」と言って、医師に支えられてベッドから降りた。

痛み止めや打撲消炎剤の湿布などを看護師から渡される。

病院代はカトリーヌさんが立て替えてくれていた。

「いろいろありがとうございます。家に戻ったら払います」

カトリーヌさんがこんなに親身になってくれるとは思ってもみなかった。

「ええ。かまわないわ」

ゆっくりした足取りで病室を出ると、カトリーヌさんが腕を取り支えてくれる。

「ありがとうございます」

「災難だったわね。この手の事件は頻繁にあるのよ」

警察官の後をのろのろと追うが、全身が痛くてため息が漏れる。

早くベッドに横になりたい。

スマホ……ショックなのだが、今はなにも考えたくなかった。

警察官の車で送られて玄関を入る。

「今、お金取ってきます」

「ええ。ここで待っているわ」

カトリーヌさんは玄関フロアのソファに腰を下ろし、私は階段を上がってゲストルームへ入る。

先ほどから、左手の薬指にはまっているぐるりとダイヤモンドが施されたプラチナのリングが気になって仕方なかった。

清志郎さんからもらったエンゲージリングとデザインが違う。あれはどこへ？

あの高価なリングをどこかでなくしてしまったのかと考えると、焦ってデスクの引き出しを探す。

ジルベルドの箱を見つけて開けて、ダイヤモンドが高貴な光を放っているのを確認してホッと安堵する。

よかった……。

エンゲージリングは箱の中に収められていた。ひとりで街へ出るときは犯罪に巻き込まれないように外していたんだった。

デスクの引き出しから現金を手にして、カトリーヌさんのもとへ戻る。

「ありがとうございました。カトリーヌさんがいてくれて助かりました」

彼女の目が私の左手の薬指に止まっていたが、すぐに視線は私の顔に戻る。

これは結婚指輪なの……？　結婚指輪はもう少しシンプルでは……？

「どうしたの？　どこかひどく痛むの？」

「それが……これをはめた記憶が……マリッジリングなのでしょうか……？」

カトリーヌさんは警戒していて苦手だったが、病院からずっと付き添ってくれて、本当は悪い人ではないのかもしれないと思い、素直に口から出ていた。

「はめた記憶？　もしかして頭を打ったせいで記憶がなくなったの？　でも私のことは覚えているし、自分の部屋もわかっている。どういうこと？」

どういうこと？と言われても、まったく思い出せなくて困惑し、パニックに陥りそうだ。

「顔が青いわ。温かいハーブティーを入れてあげる。キッチンへ行きましょう」

カトリーヌさんの手が肩に置かれて、キッチンの方へ歩を進めるが、なにがなんだかわからなくて頭の中は混乱している。

「座って」

カトリーヌさんは私をキッチンの真ん中にある、作業台の背もたれのない椅子に腰を下ろさせる。

それから彼女はガス台の前に立ってお湯を沸かす。その間、ガラスの容器に入った乾燥カモミールをスプーンですくってポットに入れている。

彼女の一連の動作を見ながら、記憶をたどってみる。

フィニッシングスクールを終えてからこの家へ来て、ハウスキーパーのカトリーヌさんを紹介され、彼女が仕事している間は居心地が悪くて外に出ていた。マルシェへ行ったり、カンヌの街を散策したりする時間にあてていたのは思い出せた。

ふと窓に視線を向ける。

プールで……足をつったとき、清志郎さんが助けてくれて……一緒にシャワールームに入った。けれど、私に魅力がないせいか、清花おばあ様の期待には応えられなかった。

「どうぞ」

考えに耽っていると目の前にティーカップが置かれ、ほのかにりんごの香りがして鼻をくすぐる。

「いただきます」

ティーカップを口もとに持ってきて、「ふぅ～」と息を吹きかけほんの少し飲む。

「で、なにか思い出した？」

「プールで足をつったときのことを……カトリーヌさん、さっき『あのときはごめんなさい』と言いましたよね？　なにかあったんですか？」

「え？　りょ、料理の件で食い違いがあっただけよ」

「そうですか……今日は何月何日でしょうか？」

「九月二十三日、月曜よ」

「……月曜はご依頼している曜日ですよね？」

カトリーヌさんの出勤は月・水・金だ。

「え？　ええ。ほ、ほら、母の容態がよくなくて休みをもらって。セイシロウはニューヨークへ出張で、ランさんが自分ひとりだから大丈夫って」

「そうだったんですね。お母様の容態が悪いのに、付き添ってくださりありがとうございます。お母様のもとへ戻ってください」

「いいのよ。困ったときはお互いさまじゃない。でも、一部の記憶がないなんて気になるわね。病院へ電話してみるわ」

「ありがとうございます」

カトリーヌさんはキッチンを離れて電話があるリビングへ向かう。

私が覚えているのは七月の後半……今は九月下旬だ。この二カ月間なにがあったの……？

このリングがマリッジリングだとすると、清志郎さんと結婚したみたいだ。でも信じられない。

考えていると頭がズキズキ痛みだしてくる。

そこへカトリーヌさんが戻ってきた。

「一時的なものかもしれないから今日は様子を見て、明日来るようにと言われたわ」

「……わかりました。ありがとうございます。それで、これはマリッジリングだと思いますか？」

これがマリッジリングだとしたら、まさか私は妊娠していて、それにより式をするより先に婚姻届を出したということ……？

「さあ、どうかしら。セイシロウはセレブだからファッションリングもそれくらい豪華なものをプレゼントするかもしれないわね」

「結婚式が十一月なのに、先に結婚したとなると、妊娠……しているのでしょうか？」

「え？　妊娠？」

カトリーヌさんがふっと笑みを漏らす。

「私が知る限り寝室は別よ。ふたりの様子を見ていたら全然夫婦らしくないわ。妊娠なんてありえない。さっきの医者も妊娠しているとは言っていなかったでしょう？　普通調べてから処置をするはずよ」

「そうでしたか……あの、もう休ませてもらいます」

頭が鈍痛に襲われているし、全身も軋むように痛い。

「ええ。休んだ方がいいわ。ひどい顔をしているもの。夕食を作りましょうか？」

「いいえ。食欲がないので……」

椅子から立ち上がると貧血症状みたいに目眩がした。

「じゃあ、帰るわね。明日私が病院へ付き添うわ」

「明日はお休みの日ですよね？　お母様のお見舞いもありますし、それでは迷惑が――」

「いいのよ。あなたが検査している間、母の病室へ行けるし。今のあなたには付き添いがいた方がいいわ」

私の言葉を遮りカトリーヌさんは微笑む。

「すみません。ありがとうございます」

玄関フロアへ行く彼女についていき、見送った後二階の自室へ上がった。自分の体じゃないみたいに重い。

まだ夕方だが、ゲストルームのベッドにぐったりと横になる。

寝て起きたら記憶が戻っているかもしれない。期待をして目を閉じると、なにかを考える間もなく眠りに引き込まれていった。

目を覚ましたとき、一瞬どこにいるのかわからず、飛び跳ねるようにして体を起こした。

その瞬間、頭がズキッと痛んで顔がゆがむ。

そうだ。ひったくりに遭って……。

記憶が戻っていることを願っていたが、寝る前と同じでがっかりする。

窓の外はまだ薄暗く、サイドテーブルにある時計を見ると六時だった。この時季の日の出はもう少し遅いらしい。

十三時間以上ぶっ通しで眠っていても頭に霞がかかったようなスッキリしない感覚だが、さすがにおなかがキュルンと不満の音を鳴らす。

そろりとベッドから出て、部屋を出てキッチンへ足を運ぶ。

カモミールティーを入れるため、ポットを火にかけてお湯を沸かす。

冷蔵庫を覗くと、コーンポタージュが小さな鍋ごと入っていてそれも火にかけた。

フランスパンを切ってオーブンで焼く。

朝食ができあがり、トレイに置いてリビングのダイニングテーブルへ持っていく。

コーンポタージュにフランスパンを浸して食べながら、プールで足をつった以降のことを考えるが、まったくわからなかった。

焦るようなモヤモヤした気分で食事を終え、ゲストルームへ戻ってバスタブに湯張りして浸かる。

鏡に映る体には紫色の打撲痕がたくさんあって、中でも左足の弁慶の泣きどころはひどい色でそっと触れるだけでも痛い。

たっぷり時間をかけて入浴した後、長めのワンピースを着てドライヤーで髪を乾かす。

たんこぶにはなっていないが、側頭部近辺に触れると痛む。

この痛みがなくなったら、記憶が戻る……？

重いため息をついて足に湿布を貼ってテープで留め、カトリーヌさんの迎えを待った。

病院で昨日の医師に診てもらったが、記憶が抜け落ちる場合は脳梗塞もありえるとのことで、もう一度MRIを受けた。

結果その兆候は見られず、ひったくりに遭ったショックとけがで一時的に記憶喪失になったのではないかとの見解だった。

様子を見ていきましょうと言われて病院を後にした。

カトリーヌさんの車で自宅に戻り、昨日と同じくカモミールティーを入れてくれる。

「のんびり構えていたら記憶は戻るわよ」

大事なことを忘れているみたいで焦燥感に襲われている。

「……はい」

「セイシロウから電話はあった？」

「あったかもしれませんが、カトリーヌさんが帰った後から朝まで寝てしまって、電話に気づかなかったかもしれません」

「本当にあなたはお人よしなのね」

カモミールティーをひと口飲んでから、カトリーヌさんの言葉に「え？」と首をかしげる。

「セイシロウには恋人がいるのよ。出張も本当かどうか」

「恋人が……」

それはカンヌに来る前に考えていたことだ。彼のような男性に恋人がいないわけがない。

「だから寝室も別だったんじゃない？」

私が答えられないでいるとカトリーヌさんは続ける。

「あなたみたいなかわいい女性が一生お飾りの妻だなんて、かわいそすぎるわ」

清花おばあ様の意向があるから、妊娠できなければ一年で離婚させられる。だから、一生お飾りの妻にはならない……。

「日本へ帰ってよく考えた方がいいんじゃないかしら？」

「……日本へ？」

視線を落としていたカモミールティーからカトリーヌさんへ動かす。

「ええ。ここにいても惨めなだけじゃない？　日本へ行って家族と一緒に暮らしたら思い出すかもしれないわよ。帰国するのなら空港まで送るわ」

帰国した方がいいのだろうか……。

彼女の言葉が正しいとさえ思えてくる。

「少し考えます」

「それがいいわ。じゃあ、明日いつものように掃除と食事を作りに来るから。見送りはけっこうよ。お大事に」

そう言って、カトリーヌさんはリビングから出ていき、玄関のドアの施錠音が聞こえてきた。

どうしたらいいの……？

翌日も記憶が戻らないままだった。

全身の痛みはだいぶ取れて、いろいろ考えると頭が痛くなるが、一昨日よりはマシになった。

清志郎さんからは連絡がなく、記憶を失った二カ月間はやはりなにも進展しなかったのだろう。出張だと思いたいが、恋人と一緒なのかもしれないと思うと悲しみが一気に押し寄せてきた。

朝食を済ませてぼんやりしていると、カトリーヌさんがやって来た。

「おはよう。その顔はまだ戻っていないのね？」

「……はい」

「気長に待った方がいいわね。じゃあ、掃除を始めるわ」

「お願いします。少しお庭にいます」

リビングの窓を開けて庭に出る。若干ではあるが肌寒く、これから冬になるのだと思うと、えも言われぬ不安が押し寄せてくる。

記憶が欠損したことで、精神的に不安定になっているようだ。

日本へ行って治療した方が、ここにいるよりいいのではないだろうか……。

手すりのところまで歩を進め、そこから遠くに見えるヨットハーバーを眺めたとき、自分がクルーザーに乗っている映像が一瞬見えた。

私がクルーザーに？

当惑してふたたびヨットハーバーへ視線を向けても、なにも思い出さなかった。

昼食はカトリーヌさんが作った、大きめに切った野菜がたくさん入ったコンソメスープと、ほうれん草と海老の入ったパイをいただいた。

こうして一緒に食事をするのは初めてのような気がする。というのも、記憶があるところまでは彼女とは一線を引いていたからだ。

あのときの彼女は私に敵意をむき出しにしていたように見えたけれど、今は親身になってくれる人で、誤解をしていたのかもしれない。

でも大丈夫だろうか？　身なりに気を使っていないみたいだ。

食事が終わる頃、インターホンが鳴った。

「誰かしらね」

訪問者はこの区画の下にある警備員がチェックするので、物売りなどは入ってこられない。

カトリーヌさんがモニターに出る。

「はい？」

モニター越しで、フランス語を話す女性の声が聞こえてきた。少し離れているし、フランス語なのでなにを話しているのか聞き取れない。

カトリーヌさんが私のところにやって来る。

「セイシロウの恋人よ。どうする？　中へ入れる？」

「ええっ？　清志郎さんの恋人……？」

立ち上がりモニターのところへ行くと、ブロンドの綺麗な女性が立っていた。

「で、出かけていると言ってください」

心構えができていないしこんな状態なのに、恋人と対峙するなんて無理だ……。

「わかったわ」

カトリーヌさんはモニターのスイッチを押してフランス語で話し始めた。

なかなか話は終わらず、だんだんとカトリーヌさんの口調が荒くなってくる。

どうしたの……？

彼女は乱暴にモニターのスイッチを切って、私に向き直る。

「あなたに会わせてほしいから何時に戻ってくるのかって、しつこかったわ。セイシロウは恋人からあなたに別れ話をしてほしいみたいね」

カトリーヌさんの言葉は、胸に矢が刺さったみたいに痛かった。

清志郎さんは私と別れたいのだ。


「じゃあ、帰るわ」

十五時過ぎ、掃除と料理を済ませたカトリーヌさんはバッグを持って玄関へ向かう。

「おつかれさまでした。あの、明日の夕方の便で日本へ帰ろうと思います」

「あら……本当に？」

「はい」

もうここにいても仕方ないのではないかと思い、突発的に決めた。

「じゃあ、空港まで送るわ」

そう言って玄関を出る彼女を追う。

「タクシーで行けます」

「いいのよ。明日は休みだし。じゃあ」

彼女はガレージに止めた赤い車に乗り込んで去っていった。

部屋に戻りパソコンをつけて、明日の十五時三十分のフライトを予約する。それからキャリーケースをクローゼットから出して荷造りをする。

荷物を整理していると、しだいに涙が込み上げてきた。

頬に伝わる涙を袖口で拭きながら嗚咽をこらえる。

もう初恋に終止符を打たなければ。そうしたら失った二カ月間の記憶も思い出すかもしれない。


【最後にヨットハーバーに行ってきます】

迎えに来てくれるカトリーヌさんが早めに来たときのために紙にメッセージを書いて、玄関フロアのソファセットのテーブルの上に置いて家を出た。

時刻は十時を回ったところだ。

戻ってすぐに空港へ出られるように、玄関フロアに三つのキャリーケースを置いてきた。

フィニッシングスクールへ持っていったキャリーケースは三つだったが、クローゼットには四つあった。

なぜひとつ増えているのだろうと気になった。二カ月の間にひとつ買い足したのだろうか。

荷物は三つに収まったので、ひとつは使うことなくクローゼットに置いてある。ヨットハーバーの近くへ行ったらなにか思い出すかもしれない。昨日頭に浮かんだ映像はなんだったのだろう……。

左足はまだ痛かったが、脚を引かずに歩ける。

ワンピースのポケットに、家の鍵と万が一の場合の小銭を入れてヨットハーバーへ向かう。

街を歩くのが少し怖い。

ひったくりにあったトラウマで、キョロキョロと周りに視線を配りながら、三十分後、以前清志郎さんと食事をしたビーチレストランの前まで来た。

まだ早いせいもあって閉まっているし、食事をしたときに開いていたパラソルは閉じられているのが見える。

半袖のワンピースで来てしまい、お天気はいいのだが少し寒い。

クロワゼット通りを歩き、たくさんの豪華なクルーザーが停泊しているヨットハーバーに到着した。

私はここに来たことがある……？

両サイドにクルーザーやヨットを見ながら歩いていく。

そのとき、髭を生やした老齢の男性がにこにこしながら近づいてきて、怖くなり身構える。

「マダム・アヅマ、今日もいい天気だね。ひとりですか？　ご主人は？」

ゆっくりしたフランス語で老齢の男性が話しかけてくる。

マダム・アヅマ……？　この人は私を知っているの？

「私を、知って？」

「なにを言っているんですか？　ご主人といつも仲よくクルーザーに乗り込むじゃないですか」

ご主人といつも仲よく……？

そのとき、雨に打たれて笑い合っている私と清志郎さんが脳裏に映像となって浮かび、ビクッと肩が揺れた。

そこで老齢の男性が私のうしろに視線を向ける。

「ムッシュ・アヅマ！　一緒じゃないですか」

え？

振り返ると、清志郎さんがこちらに走ってきて私たちの前で止まる。

「整備していますからいつでも動かせますよ」

「ボンジュール、いつもありがとうございます」

彼が挨拶をすると老齢の男性はのんびりと去っていき、清志郎さんは私に向き直る。

「蘭、どうしてここに来たんだ？　あのキャリーケースはいったいなぜなんだ⁉」

「清志郎さん……」

チャコールグレーのスーツ姿で、いつもの冷静さが失われている様子の彼に当惑する。

「帰って話を聞く」

腕を掴まれて清志郎さんはもと来た道を引き返そうとするが、その手を制してその場にとどまる。

そんな私を見て、彼の眉根がギュッと寄せられる。

「どうした？　わからないことばかりだ。帰って話をしよう」

ここを離れたら、今なにか思い出した記憶が失われてしまいそうだ。

「清志郎さんは船を持っているのでしょうか？」

「なにを言っているんだ？　何度も一緒にクルーザーに乗っているだろう？」

やっぱりあの思い出しかけた記憶は正しいの？

「クルーザーに……乗せてくれませんか？」

「今、乗りたいのか？」

そう聞きつつも清志郎さんは困惑した様子。

「はい」

「わかった。乗ろう」

清志郎さんは私の手を取ると、コンクリートの桟橋へ歩を進める。

クルーザーに乗り込むと彼は革靴なので歩きにくそうだが、階段を上がったところにあるドアを開けて、棚からデッキシューズを取り出して履いた。スーツのジャケットも脱ぎ、ソファの背にかけてベストになりワイシャツは袖まくりする。

そんな姿に胸が高鳴るが、彼にはあの綺麗なブロンドの恋人がいる。

胸が痛みを覚え、早く記憶を取り戻さなければと辺りを見回す。

ここはリビングのようだが見覚えはない。

「話してくれないか？　なぜカトリーヌが家に入り浸っているんだ？」

カトリーヌさんの名前を出す清志郎さんの声は、嫌悪感たっぷりに聞こえた。

「……私、数日前にバイクのひったくりに遭って地面に頭を打ってから、最近の記憶が思い出せないんです」

「なんだって！」

清志郎さんは切れ長の目を大きく見開き、私の両肩に手を置いて見つめる。

「記憶がない？　ほかにけがは⁉」

私の頭頂部から足の先まで視線を走らせる。

「打撲程度です」

彼は安堵した表情で私を引き寄せ、抱きしめる。

え……？

まさか抱きしめられるとは思ってもみなくて驚く。

「よかった……心臓が止まるかと思った」

清志郎さんの言葉が、私が考えていたことと真逆で戸惑う。

「……なぜそんなことを言うのですか？」

すると彼は体を少し離し、私の顎に指を置いて上を向かせる。

「愛しているからに決まっているだろう？　記憶がないから無理もないかもしれないが、どこまで覚えているんだ？」

「プールで足をつった日以降は……」

首を左右に振る。

「それなら仕方ないな。約……二カ月……」

「クルーザーに乗っているような映像がほんの少し思い出されて、ここに来たんです」

「上へ行こう」

リビングを出て、その上の操縦席へ促される。

清志郎さんはエンジンをかけて、クルーザーをヨットハーバーから出航させた。

なめらかに海の上を進み、カンヌの街から離れていく。

五分ほど走らせると、周りにクルーザーやヨットはなく、遠くに点々と見えるだけになる。

停留させた彼は操縦席から離れて、カンヌの街の方を見ている私のところへやって来る。

「それで、なぜキャリーケースが置いてあったんだ？」

「日本へ帰ります」

「蘭、わけがわからない。なぜ日本へ帰るんだ？　家でなにがあった？」

眉根を寄せて困惑している清志郎さんに、首を左右に振る。

「あなたの恋人が訪ねてきました。カトリーヌさんが、彼女は別れるように言いに来たのだと」

「そんなわけないだろう？　俺が愛しているのは蘭なのに。彼女はうちの会社のスタッフだ。蘭に連絡がまったく取れなかったから、様子を見てきてほしいと頼んだ。しかし、君には会えずフランス語のできる女性に追い返されたと聞いて、急いでニューヨークを発ったんだ」

私を愛している……？　この二カ月間で私たちは愛し合うようになったの？

「思い出せません……」

「思い出せなくてもいい。俺は心から蘭を愛している」

そこで彼は沈黙してなにか考えている。

「カトリーヌはいつから？」

「ひったくりに遭って病院で目を覚ましたらいたんです。お母様の見舞いに来ていたところ、私が運ばれるのを偶然見たと。病院代を立て替えてくれて、記憶が一部ないとわかって翌日病院へ連れていってくれました」

「なんとなく理解できた。カトリーヌは君の弱みにつけ込んだんだな。医師は記憶に関してなんと？」

「様子を見ましょうと……。カトリーヌさんが弱みにつけ込んだとは……？」

「彼女は君の部屋に勝手に入り、エンゲージリングを窓から放り投げたんだ。そのとき即解雇した」

びっくりして開いた口が塞がらない。

「でも、エンゲージリングはありました」

「ああ。俺と君で懸命に捜したからな」

「カトリーヌさんは今も働いているみたいに言っていました。清志郎さんの出張期間も知っていました。ひったくりに遭ったのが月曜日で、病院にいたのが不思議で尋ねたら、休みをもらった、清志郎さんはニューヨークへ出張で私ひとりだから大丈夫だと言ったと……」

「まったく嘘をつらつらと、ひどい女だ」

「でも、病院に付き添い親身になってくれていたんです」

「魂胆があったんだろう。例えば俺と別れるように勧められなかったか？」

「あ……」

『日本へ帰ってよく考えた方がいいんじゃないかしら？』

彼女の言葉で帰国しようと決心した……。

不安な瞳を清志郎さんに向けた瞬間、強く抱きしめられた。

「この二カ月間、俺たちは愛し合うようになったんだ。俺は蘭を絶対に手放さない」

唇が重ねられた。

情熱的なキスに身を委ねていると、〝俺は蘭を絶対に手放さない〟と言われたときのことを思い出す。

あ……！

ものすごい勢いで、あのときの場面が一気に頭の中に流れ込んでくる。

そうだ……お母さんが脳梗塞になって、帰国して……兄の件で清志郎さんとの別れを決意したんだ。

あのときも清志郎さんはふいに現れて、私をどんなに愛しているか、わからせてくれた。

彼の唇がそっと甘い余韻を残して離れる。

「……清志郎さん……今……思い出しまし――」

「本当か？」

記憶がよみがえったことで胸がいっぱいで、目頭が熱くなりコクッとうなずく。

「よかった……」

清志郎さんから安堵のため息が漏れる。

「〝俺は蘭を絶対に手放さない〟という言葉が引き金になったみたいで、全部思い出しました。日本へ帰ろうとした私はなんてバカだったんでしょう」

「もし日本へ戻ったとしても、俺はまた追いかける。蘭、愛している」

胸がいっぱいになり涙腺が崩壊し、大粒の涙が頬を伝っていき、抱きしめてくれる清志郎さんのワイシャツからベストを濡らす。

緊張感から解放され安堵した途端、胃から気持ち悪さがせり上がってくる感覚に襲われた。

酔い止めの薬を飲んでいないので船酔いだろう。

「清志郎さん……」

口もとを手で押さえる私に、彼は即座に察する。

「吐きそう？」

「そこまででは……」

「戻ろう。カトリーヌと決着をつけに」

私をベンチに座らせた清志郎さんは、ヨットハーバーに向けて走らせた。

家に戻ったときカトリーヌさんの車がガレージに止まっていた。船酔いは治まっていたが、カトリーヌさんと対峙すると思うと緊張感に襲われている。

清志郎さんは赤い車の横に止め降りると、助手席に回ってドアを開けてくれる。

そのとき、玄関が開いた。

「遅かったじゃない！」

カトリーヌさんだ。しかし私の隣に清志郎さんがいるのを見て、驚愕した顔になる。

「セイ……シロウ……」

「話を聞こうか。カトリーヌ」

その場に冷たい声色が響く。

彼女の青い目が清志郎さんから私へ移る。

「カトリーヌさん、記憶が戻ったんです」

さらに彼女の顔が蒼白になる。

「……すべて？」

「ええ。すべてです」

清志郎さんに部屋に入るように言われ、カトリーヌさんは仕方なくといった様子で玄関フロアに戻る。

「そこに座るんだ」

玄関フロアの応接セットに促され、カトリーヌさんは引きつった顔で無言で座る。

「話してくれ。病院に居合わせたのは偶然なのか？」

私たちも彼女の対面のソファに腰を下ろす。

「偶然よ。母が入院しているのよ……わかった。本当のことを話すわ」

カトリーヌさんの目的は私たちを別れさせること。病院で私が目を覚ましたときに、すぐに記憶が一部ないのだと悟り、親身になったフリをして計画を立てたのだと白状した。

清志郎さんの出張を知っていたのは、私がここに置いていたノートを見たからだと。

電話のコンセントを抜いて、彼からの連絡を受け取らないようにしていた。

そして、清志郎さんの会社のスタッフ、ブロンドの女性が現れたのは計画にちょうどよく、偽の恋人に仕立てて私を動揺させたのだ。

そして解雇されたときに返したはずの鍵は、前もってスペアキーを作っていたとのこと。

彼女は床に泣き崩れて謝った。

「本当に、ごめんなさい……あなたがうらやましかったの。解雇されてからハウスキーパーの仕事はうまくいかなくて、母は寝たきりだけど頭はしっかりしているから文句ばかりで、私は身なりをかまう余裕もなくなった。あなたがうらやましい」

「カトリーヌさん……」

清志郎さんが帰国しなければ、彼女の計画はうまくいっていたかもしれないが、クルーザーの上で彼は『もし日本へ戻ったとしても、俺はまた追いかける』と言ってくれたので、はなからこんな計画は無意味だったのだ。

泣き崩れるカトリーヌさんを見て同情する。彼女は病気の母親と生活しながら心が病んでしまったのだろう。

「……病院でカトリーヌさんの顔を見たとき、安心したんです。翌日も病院に付き添ってくれたり、食事を作ってくれたり……私たちの揺るぎない愛を信じられる今、あなたを許せます」

「え……？」

ハンカチで涙を拭っていたカトリーヌさんは、驚いた顔で私を見る。

「カトリーヌさんがいて心強かったです。あなたに幸せになってほしいと心から思います」

「ありがとう……ごめんなさい……もう二度とふたりの前に現れないと誓うわ」

そう言って、カトリーヌさんはセンターテーブルの上にこの家の鍵を置いて出ていった。

「蘭は優しいな。やはり愛すべき性格の俺の妻だ」

「さっきカトリーヌさんに話したことは本心です。彼女がいなかったら怖くて仕方なかったでしょう」

「一理あるが、スマホにかけても出ない君を俺はニューヨークから仕事もそっちのけで心配していた。家の電話がつながっていたら、そこでこんなことにならずに済んでいただろう」

顔をしかめる清志郎さんに微笑みを浮かべる。

「まあ……そうですね。スマホは盗まれてしまって。仕事は大丈夫でしたか？」

「ああ、早く帰りたくて早めに終わらせようと動いていたから問題ない。蘭、大変だったな……カトリーヌの顔を見て安心したと聞いたからこそ、俺も許すことにしたんだ。そうでなければ手段を選ばず彼女を後悔させていた」

「手段を選ばず……？　よくわかりませんが、もう済んだことにしましょう」

清志郎さんの腰に腕を回して抱きつく。

「そうしよう」

清志郎さんの唇がおでこにあてられた。


一カ月後。

秋の澄んだ空にチャペルの鐘が響き渡った。

今日は私たちの結婚式。

ウエディングドレスは、ひったくりに遭う前に気に入った生成りのプリンセスラインのドレスだ。

髪は緩く編んでシニヨンにし、白と黄色の小花の冠をつけている。

清志郎さんはドレスと同じような色味のフロックコート姿で、整った顔と抜群のスタイルでモデルのように似合っていて、ため息が漏れそうなほど素敵だ。

挙式前の控室でみんなが集まっている。

「蘭、お姫様みたいよ。おめでとう」

ブルーのワンピースを着た母とそっとハグをする。

脳梗塞の後遺症もなく元気でうれしい。

「本当に私たちの娘は美しい」

「お父さん、美しいだなんて、初めて聞きます。お世辞なんて似合いませんよ」

父の言葉は照れくさいが、その場の雰囲気で言っているのだろう。

燕尾服姿の父も、以前とは打って変わってお世辞を言うようになった。

「いやいや、お世辞でないよ。清志郎君もそう思うだろう?」

「もちろんですよ。花嫁は最高に美しい」

彼も父の言葉にのるので、苦笑いを浮かべる。

「蘭」

兄が白いバラのブーケを渡してくれる。

「誠兄さん、遠いところ来てくれてありがとう」

「いや、俺の方こそ呼んでくれてうれしい。カンヌは素敵なところだな」

「うん。楽しんでいってね」

誠兄さんは母の介助を通して、自分が意外に人の世話をするのが好きだったことに気づき、今は介護施設で働いている。これからケアマネジャーの資格を取るつもりだと言っていた。

賑やかに今日の日の幸せを噛みしめていると、清花おばあ様と久子さんが現れた。清花おばあ様は黒留め袖を着ていて、久子さんはグレーのワンピースにピンク色のコサージュをつけている。

「清志郎さん、蘭さん。本日はおめでとう。ふたりはなんてお似合いなんでしょう」

ため息交じりに清花おばあ様が笑顔で祝福してくれる。

「おばあ様、ありがとうございます」

「清花おばあ様、遠いところ来てくださりありがとうございます」

「当然よ。今日は栞ちゃんの写真も持ってきたの。一緒に参列してくれることでしょう」

清花おばあ様の気持ちにうるっと目頭が熱くなる。

「おばあちゃんの……はい。きっと喜んでくれていますね」

「ええ。ふたりは幸せそうですもの。心からおめでとうを言わせてもらうわ」

清志郎さんが私の手を握り、顔を見合わせる。

「おばあ様、報告があります」

「報告……？」

清志郎さんの言葉に清花おばあ様はキョトンと首をかしげ、私が口を開く。

「数日前にわかったんですが、妊娠二カ月に入ったところです。清花おばあ様に曾孫を抱かせてあげられそうです」

「まあ……」

清花おばあ様の目に涙が浮かび、久子さんがハンカチを渡す。

久子さんも顔をほころばせて「おめでとうございます」と頭を下げる。

あふれ出る涙をハンカチで押さえながら清花おばあ様は喜んでくれ、この機会に報告できて本当によかった。

「蘭さん」

両手を差し出され、そのしわのある手を握る。

「ありがとう。体を大事にするのですよ」

私より背の低い清花おばあ様に合わせて腰を少し屈め、腕を回して抱きついた。

そこへチャペルのスタッフがやって来て、参列者を席に誘導し、控室には私と清志郎さんのふたりが残された。

「清花おばあ様の涙を見たら、私も泣きそうになりました」

「報告ができてよかったな。祖母は幸せそうだった」

「……はい」

やっぱり胸がいっぱいで泣きそうだ。

「蘭、一生俺のそばにいてくれ。永遠に愛している」

「私も愛しています」

清志郎さんの腕が腰に回り、唇が重ねられた。

栞おばあちゃんから婚約話をされてからこの日がくるまで長かったようで、今は短いと思える。

それは最高に幸せだから。

栞おばあちゃん、これからも私たちの幸せを見守っていてね。

END

あとがき

このたびは『高貴なＣＥＯは純朴令嬢を生涯愛し囲う～俺の妻は君しかいない～』をお手に取ってくださりありがとうございました。

今作は【極上スパダリの執着溺愛シリーズ】四作品のうちの最後になります。シリーズ作品のうちの一冊を執筆できて光栄です。


今回、久しぶりに海外がほぼ舞台でした。皆さま、お気づきになりましたか？

蘭が乗った飛行機はＡＡＮ、機長アナウンスは〝朝陽〟でした。彼は『極上パイロットが愛妻にご所望です』のヒーローです。

もうひとりは『新妻の条件～独占欲を煽られたＣＥＯの極上プロポーズ～』のヒーロー〝瑛斗〟でした。

瑛斗は清志郎がエンゲージリングなどをデザインしてもらった宝石商です。

もしまだ読まれていない皆さま、どうぞよろしくお願いします。再読もとてもうれしいです。

皆さまがご存じの名前が作中にときどき登場すると喜んでくださるかなと思いながら、執筆しました。

秘話を書きますと、清香おばあ様ですが、実はもっともっと怖かったんです。原稿を編集さんにお渡ししたとき、これだとかなりの非道だと言われまして、改稿してかなりやわらかくなりました。

ですが、じわじわとした怖さがあるかと思います。蘭も祖母のように敬いながらも内心恐れていました。皆さまはどう感じられたでしょうか？

美しいふたりを描いてくださいましたうすくち先生、ありがとうございました。雰囲気のある素敵な一コマです。

この本に携わってくださいましたすべての皆様にお礼申し上げます。

二〇二三年十二月吉日

若菜《わかな》モモ

若菜モモ先生への
ファンレターのあて先

〒104-0031
東京都中央区京橋1-3-1
八重洲口大栄ビル7F
スターツ出版株式会社　書籍編集部　気付

若菜モモ先生

本書へのご意見をお聞かせください

お買い上げいただき、ありがとうございます。
今後の編集の参考にさせていただきますので、
アンケートにお答えいただければ幸いです。

下記URLまたはQRコードから
アンケートページへお入りください。
https://www.berrys-cafe.jp/static/etc/bb

ベリーズ文庫

高貴なCEOは純朴令嬢を生涯愛し囲う
～俺の妻は君しかいない～
【極上スパダリの執着溺愛シリーズ】

2023年12月10日　初版第1刷発行

著　者　若菜モモ
©Momo Wakana 2023
発行人　菊地修一
デザイン　hive & co.,ltd.
校　正　株式会社文字工房燦光
発行所　スターツ出版株式会社
〒104-0031
東京都中央区京橋1-3-1　八重洲口大栄ビル7F
TEL　出版マーケティンググループ　03-6202-0386
(ご注文等に関するお問い合わせ)
URL　https://starts-pub.jp/
印刷所　大日本印刷株式会社

Printed in Japan

乱丁・落丁などの不良品はお取替えいたします。
上記出版マーケティンググループまでお問い合わせください。
定価はカバーに記載されています。

ISBN 978-4-8137-1509-2　C0193

ベリーズ文庫　2023年12月発売

『高貴なCEOは純朴令嬢を生涯愛し囲う～俺の妻は君しかいない～【極上スパダリの執着溺愛シリーズ】』　若菜《わかな》モモ・著

ウブな令嬢の蘭は祖母同士の口約束で御曹司・清志郎と許嫁関係。憧れの彼との結婚生活にドキドキしながらも、愛なき結婚に寂しさは募るばかり。そんなある日、突然クールで不愛想だったはずの彼の激愛が溢れだし…!?　「君を絶対に手放さない」――彼の優しくも熱を孕む視線に蘭は甘く蕩けていき…。

ISBN 978-4-8137-1509-2／定価726円（本体660円＋税10%）

『ドSな御曹司は今夜も新妻だけを愛したい～子づくりは溺愛のあとで～』　葉月《はづき》りゅう・著

料理店で働く依都は、困っているところを大企業の社長・史悠に助けられる。仕事に厳しいことから"鬼"と呼ばれる冷酷な彼だったが、依都には甘い独占欲剥き出しで!?　容赦ない愛を刻まれ、やがてふたりは結婚。とある理由から子づくりを躊躇う依都だけど、史悠の溺愛猛攻で徐々に溶かされていき…!?

ISBN 978-4-8137-1510-8／定価726円（本体660円＋税10%）

『冷徹ホテル王の最上愛～天涯孤独だったのに一途な恋情で娶られました～』　皐月《さつき》なおみ・著

母を亡くし無気力な生活を送る日奈子。幼なじみで九条グループの御曹司・宗一郎に淡い恋心を抱いていたが、母の遺書に「宗一郎を好きになってはいけない」とあり、彼への気持ちを封印しようと決意。そんな中、突然彼からプロポーズされて…!?　彼の過保護な溺愛で次第に日奈子は身も心も溶けていき…。

ISBN 978-4-8137-1511-5／定価715円（本体650円＋税10%）

『お別れした凄腕救急医に見つかって最愛ママになりました』　未華空央《みはなそらお》・著

看護師の芽衣は仕事の悩みを聞いてもらったことで、エリート救急医・元宮と急接近。独占欲を露わにした彼に惹かれ甘い夜を過ごした後、元宮が結婚し渡米する噂を聞いてしまう。身を引いて娘をひとり産み育てていた頃、彼が目の前に現れて…！　「もう、抑えきれない」ママになっても溺愛されっぱなしで…!?

ISBN 978-4-8137-1512-2／定価726円（本体660円＋税10%）

『敏腕社長は雇われ妻を愛しすぎている～契約結婚なのに心ごと奪われました～』　黒乃梓《くろのあずさ》・著

大手企業で契約社員として働く傍ら、伯母の家事代行会社を手伝っている未希。ある日、家事代行の客先へ向かうと、勤め先の社長・隼人の家で…!?　副業がバレた上、契約結婚を持ちかけられる。「君の仕事は俺に甘やかされることだろ?」――仕事の延長の"妻業"のはずが、甘い溺愛に未希の心は溶かされていき…。

ISBN 978-4-8137-1513-9／定価737円（本体670円＋税10%）

ベリーズ文庫 2023年12月発売

『初めましてこんにちは、離婚してください　新装版』 あさぎ千夜春《ちよはる》・著

家のために若くして政略結婚させられた莉央。相手は、容姿端麗だけど冷徹なIT界の帝王・高嶺。互いに顔も知らないまま十年が経ち、莉央はついに"夫"に離婚を突きつける。けれど高嶺は離婚を拒否し、まさかの溺愛モード全開に豹変して…!?　大ヒット作を装い新たに刊行！　特別書き下ろし番外編付き！

ISBN 978-4-8137-1514-6／定価499円（本体454円＋税10%）

『働きすぎのお人よし聖女ですが、無口な辺境伯に嫁いだらまさかの溺愛が待っていました』 坂野真夢《さかのまむ》・著

神の声を聞ける聖女・ブランシュはお人よしで苦労性。ある時、神から"結婚せよ"とのお告げがあり、訳ありの辺境伯・オレールの元へ嫁ぐことに！　彼は冷めた態度だが、ブランシュは領民の役に立とうと日々奮闘。するとオレールの不器用な愛が漏れ出してきて…。聖女が俗世で幸せになっていいんですか…!?

ISBN 978-4-8137-1515-3／定価748円（本体680円＋税10%）

ベリーズ文庫 2024年1月発売予定

Now Printing

『俺の奥さんはちょっと変わっている』 滝井《たきい》みらん・著

平凡OLの美雪は幼い頃に大企業の御曹司・蒼の婚約者となる。ひと目惚れした彼に近づけるよう花嫁修業を頑張ってきたが、蒼から提示されたのは1年間の契約結婚で…。決して愛されないはずだったのに、徐々に独占欲を垣間見せる蒼。「君は俺もの」――クールな彼の溺愛は溢れ出したら止まらない…!?

ISBN 978-4-8137-1524-5／予価660円（本体600円＋税10%）

Now Printing

『職業男子アンソロジー（航空自衛官・公安警察）』 惣領《そうりょう》莉《り》沙《さ》、高田《たかだ》ちさき・著

人気作家がお届けする、極上の職業男子たちに愛し守られる溺甘アンソロジー！　第1弾は「惣領莉沙×エリート航空自衛官からの極甘求婚」、「高田ちさき×敏腕捜査官との秘密の恋愛」の2作品を収録。個性豊かな職業男子たちが繰り広げる、溺愛たっぷりの甘々ストーリーは必見！

ISBN 978-4-8137-1525-2／予価660円（本体600円＋税10%）

Now Printing

『じゃじゃ馬は馴らさずひたすら愛でるもの』 砂川《すながわ》雨路《あめみち》・著

華道家の娘である葵は父親の体裁のためしぶしぶお見合いにいくと、そこに現れたのは妹と結婚するはずの御曹司・成輔だった。昔から苦手意識のある彼と縁談に難色を示すが、とある理由で半年後の破談前提で交際することに。しかし「昔から君が好きだった」と独占欲を露わにした彼の溺愛猛攻が始まって…!?

ISBN 978-4-8137-1526-9／予価660円（本体600円＋税10%）

Now Printing

『完璧御曹司はかりそめの婚約者を溺愛する』 冬野《とうの》まゆ・著

社長令嬢の詩織は父の会社を救うため、御曹司の貴也と政略結婚目的でお見合いをこじつける。事情を知った貴也は偽装婚約を了承。やがて詩織は貴也に恋心を抱くが彼は子ども扱いするばかり。しかしひょんなことから同棲開始して詩織はドキドキしっぱなし！　そんなある日、寝ぼけた貴也に突然キスされて…。

ISBN 978-4-8137-1527-6／予価660円（本体600円＋税10%）

Now Printing

『チクタク時計ワニと雪解けの魔法』 ねじまきねずみ・著

OLの茉白が大手取引先との商談に行くと、現れたのはなんと御曹司である遙斗だった。初めは冷徹な態度を取られるも、懸命に仕事に励むうちに彼が甘い独占欲を露わにしてきて…!?　戸惑う茉白だったが、一度火のついた遙斗の愛は止まらない。「俺はあきらめる気はない」彼のまっすぐな想いに茉白は抗えず…！

ISBN 978-4-8137-1528-3／予価660円（本体600円＋税10%）

タイトル、価格等は変更になることがございますのでご了承ください。

ベリーズ文庫 2024年1月発売予定

Now Printing

『無口な彼が残業する理由　新装版』 坂井《さかい》志緒《しお》・著

27歳の理沙は、恋愛を忘れて仕事の夢を追いかけている。ある日、重い荷物を運んでいると、ふと差し伸べられた手が。それは同期の丸山くんのものだった。彼は無口で無表情、無愛想（その実なかなかのイケメン）ってだけの存在だったのに、この時から彼が気になるようになって…。大人気作品の新装版！

ISBN 978-4-8137-1529-0／予価660円（本体600円＋税10%）

Now Printing

『元罪悪の聖女、転生するも即バレ!?　私を殺して皇帝になった元従僕からの溺愛に溺れそうです』 友野《ともの》紅子《こうこ》・著

聖女・アンジェリーナは、知らぬ間にその能力を戦争に利用されていた。敵国王族の生き残り・ディルハイドに殺されたはずが、前世の記憶を持ったまま伯爵家の侍女として生まれ変わる。妾の子だと虐げられる人生を送っていたら、皇帝となったディルハイドと再会。なぜか過保護に溺愛されることになり…!?

ISBN 978-4-8137-1530-6 予価660円（本体600円＋税10%）

タイトル、価格等は変更になることがございますのでご了承ください。